JN316253

シベリア捕虜回想伝記

一等兵の青春

高田あおい

元就出版社

昭和15年、青年学校卒業時の父

父の子供の頃、母と一緒に

青年学校での記念写真（前列一番左が父）

青年学校時代、友人と（後列右）

青年学校時（左）

西部第二部隊出兵前の記念写真。広島にて（後列から２段目、左から３番目）

シベリア捕虜回想伝記——目次

第四章——懐かしい風景

写真提供／著者・月刊雑誌「丸」

シベリア捕虜回想伝記

〈一等兵の青春〉

本書に出てくる主な場所と位置

序章――父との再会

昭和二十三年九月。第二次世界大戦終戦後三年が過ぎ、日本も平静を取り戻そうとしていた。

その日、一人の青年が、およそ六年ぶりに広島駅のホームに立った。

軍服姿のその下に、今なお残る太く巻かれた包帯。原爆跡を思わせない駅のホームを見まわす視野の中に、懐かしい見覚えのある姿。

「お父さん」

間違いなく父だった。その瞬間、（まさか）と思った。何故父が……。押さえきれないうれしさがこみ上げてきた。二年半、中国の野戦で戦い、そして、終戦後三年間、シベリア捕虜としていくつもの難関を乗り越えてきた。すべてを忘れて父の胸に飛び込みたかった。父の胸は、そのすべてを受け止めてくれそうだった。

『よくがんばったなあ』と今にも誉《ほ》めてもらえそうな……。

「お父さん。ただ今帰ってまいりました」

こみ上げる涙を堪えようとした。

「よう、無事で帰ったのう」

再び込み上げてくる涙。

それ以外の言葉が出ると、今にも泣き出してしまいそうだった。父親は、二年間、広島県の浜田で軍事訓練を受けた経験がある。その時は休戦中だったため、戦地へ行かぬまま帰ってきた。それだから、シベリアでの捕虜の生活なども分かり知れないものがあった。何を話したらいいのか……。ただ、目の前にあきらめかけていた息子の姿があった。

父は、やせこけて丸坊主の息子を見た。やつれているけれど、自分の息子に間違いはない。奇跡にも思える再会を、他の誰よりも喜んでいた。

原爆跡の広島市内は、辺り一面が焼け野原となり、建物の跡すらわからない。ただ、数軒の仮に建てられたバラックがポツポツと建っているだけだった。

その夜、二人は、駅前に建っている宿舎で一晩を過ごした。片言口に出る言葉。

「自分は、シベリアで盲腸になり、他の者より早く日本へ返されました」

廃墟となった広島原爆の爆心地付近

「うん」

うなずくだけの父だった。こうやってまた、父と話が出来るなんて予想もしていなかった。二度と生きて帰れないかもしれなかった。ロシアの『日本人新聞』には、日本の悲惨な状況しか書かれていなかった。そんな中で青年は思っていた。

（もしも、自分が生きて帰ったとしても、自分のいる場所はもう残っていないのではないか……懐かしい人たちは生きているのだろうか……どんな状況にしろ、やはり日本へ帰りたい）

シベリアにいる間、青年を支えていたのは、（いつかは日本へ帰るんだ。それまで、何としても生きつづけなければならない）という思いだった。

次の朝、広島から汽車に乗り、懐かしい庄原の町へと帰っていった。広島市内を離れるにしたがって、以前と変わっていない景色を目にした。

「ここら辺は変わっていないんじゃね」

「うん。じゃが、原爆が落とされてからというもの、何百人、何千人もの被爆者が、助けを求めて庄原にもたくさん送られてきたんじゃ。お母さんも被爆者の手当てをするために、小学校に設けられた広島陸軍病院の庄原病棟に通っていたんじゃ」

父の母。つまり私の祖母に聞いた話。

広島に原爆が落とされ、被爆者は近くの田舎へと送られてきた。庄原にも大勢の被爆者が汽車に揺られながら下りてきた。そして、広島陸軍病院庄原病棟として、小学校に仮の病院が設けられた。庄原に住む女たち（子供以外）ほとんどが手当てに当たった。その当時、戦争によって薬もほとんど手に入らない状態。

祖母たちは、原爆で焼け爛《ただ》れた皮膚に、一人ずつ『赤チン』を塗ってあげるしかなかった。そして、耳や体中から涌き出る『蛆虫《うじむし》』をピンセットで一匹ずつ取っていく。それが女たちに出来る精いっぱいの手当てだった。しかし、手当てのかいもなく、学校のグラウンドには、被爆して命を落とした人たちの死骸が積み上げられていた。こんなにたくさんの人たちなので、校庭でそのまま火葬にされた。

被爆者だけでなく、被爆者の手当てをした人たちも間接被爆者として扱われ、その後、『原爆手帳』をもらい受けることになる。祖母もその後、『原爆手帳』を持っていた。幸い原爆の影響もなく、八十七歳まで元気に生きつづけた。

「キキ——」。汽車が止まった。

ドキドキしながら辺りを見た。あー変わっていない。自分がこの町を出た時のまま。懐かしさと嬉しさで胸がいっぱいになった。

母は駅には来ていなかった。早く会いたい。

家に帰り、母の作った味噌汁の味は美味《うま》かった。この世に、こんなに美味いものがあったのかと思うくらい美味かった。今でも、その時の味を思い出しては亡き母を思い出す。

第一章――軍隊での生活

二十一歳の贈り物

父は大正十年十二月二十三日、広島県にある庄原という田舎町で、長男として生まれる。男ばかりの六人兄弟だったが、そのうち二人は生まれて間もなく死んでしまい、残った四人の兄弟と両親の六人家族だった。父親は腕に自信のある大工だった。

この時代、一部の金持ちを除いては、ほとんどの家庭が生活するのにやっとの状態だった。それでも長男は兄弟の中でも優遇された。高等小学校の高等科になった時は、靴も買ってもらった。そして、みんなが持っていないようなマントも買ってもらった。それだけ長男ということは、跡取りとして期待が大きかったのだろう。

父が高等小学校を卒業した時、大変勉強家で優秀だった父親に、『高等学校へ進むように』と説得された。しかし、（高等学校はお金がかかる。そんなお金が家にあるわけがない。これ以上、兄弟たちにも苦労させたくない）と思い、上の学校へ行くことをあきらめた。

酒屋で住み込みで働いていた頃の父（右）

ちょうどその頃、大阪から庄原へ疎開にきていた同年代の青年と意気投合し、一緒に大阪へ出稼ぎに行くことになった。大阪では、酒屋の住み込みで働き、夜間は『青年学校』へ通った。その頃の『青年学校』というのは、特別な学費も要《い》らず、三年間学問を教え、軍事訓練も行なわれる学校だった。途中いつでもやめることが出来たが、父は三年間通い、卒業式では皆を代表して答辞を読むことになっていた。そのため父は答辞を毎晩練習した。

そして立派にその役を努めたという。

一九四二年（昭和十七年）、そんな父の元へ一通の通知が届いた。それは予期していたとおり徴兵検査の知らせだった。この頃は二十歳になると、徴兵検査が行なわれる（父は十二月二十三日生まれで、十二月二十日以降に生まれた者は、翌年に行なわれる）。単に身体検査が行なわれるだけのことだが、体格のいい者が優先的に兵隊へとられる。

小さい時から軍国主義の中で育ち、軍人として国のために戦うことが出世への最短距離であった。『軍人』にあこがれる者が多く、誰もが（いずれは兵隊にとられる）という気持ちを抱いていた。高等学校など上の学校へ進むに連れて、軍事教育が行き届き、軍隊に入っても出世が早かった。さらに一旗上げようと、進んで士官学校に入学したり、志願兵として軍隊へ入る者も多かった。

そんな時代の中、一九四二年六月のミッドウェー島攻撃により日本は敗北。戦いにおいても不利な立場だった。そのため、軍事経験もない人々（二十歳を境に元気で体格のいい者）が強制的に徴兵されていった。

徴兵検査は一般的に、各町や村の小学校の講堂で行なわれた。身長・体重・胸囲などの検査に加え、足の裏まで検査された。偏平足は、軍隊に入っても、長時間の行軍についていけないからだった。

『甲種合格』

と押された印を見つめ、父は自分が甲をつけられたことを誇りに思った。

『甲種』とつけられた者は、その中でもさらに『騎兵（馬に乗る兵）』『歩兵（歩く兵）』『砲兵（砲を打つ兵）』『輜重《しちょう》兵（物を運ぶ兵）』『工兵（橋を掛ける兵）』とに分けられる。父はその中でも歩兵として、軍隊に入ることになっていた。

いまだに父は体格がよかったことを自慢の種にしている。

それから三ヶ月後、大阪にいる父のもとに徴兵の通知が届いた。（ついに来たか）と思った。酒屋で働いている時、時々、軍人が宿を求めてやってきた。その姿は立派だった。（自分もあの軍服が着てみたい）と思ったものだった。ついにその時が来たんだ。父にとっては、兵隊になることが一人前になることの印だった。

父の父（私の祖父）の時も、二十歳で徴兵検査が行なわれていたが、もっと厳しい検査で、よほど体格、体力とも優秀な者でなければ、軍事訓練を受けることはできなかった。そして、祖父もまた、『甲種』をつけられた。しかし、戦争をしていなかったため、軍事練習だけで帰ってきている。

けれど、今は戦争の真っ只中だった。（戦争が始まっていてよかった）とひそかに思っているのは、その頃の青年のほとんどだったかも知れない。けれど、うれしさと不安が入り混じった気持ちであったことは間違いではない。『兵隊に取られる』という言葉がぴったりのように、戦地へ向かった兵士は、二度と故郷の土を踏めないかもしれない。しかし、その時の父は、うれしさの方が多かったという。

徴兵されるということは、軍隊に入り、戦争へ行くということを意味していた。

庄原へ帰る日、住み込みで働いている酒屋のみんなと近所の人たちは、父を連れてお宮参りに行き、御祓《おはらい》をしてくれた。

三年お世話になった人たちにお礼を言い、懐かしい故郷へと帰って行った。

大阪からいったん故郷に帰った父は、自分の家の前に立てられた日の丸の国旗が目に入った。徴兵の知らせが実家へも届いていたのだ。徴兵を知った家族は、それを知らせるために、戸口に日の丸を掲げるのだった。誇らしげに揺れる日の丸。なんだか英雄になったような気分だった。千人針も出来あがっていた。

千人針とは、長い布に千個の切れ目が入れてあり、女が、一人一針縫っていくものだった。千人針には無事で帰ってくるように願いが込められていた。これを兵隊に出る時、お守りとして持っていく。一人一針とはいえ、トラ年生まれの人は、歳の数だけ縫ってもらうことができた。

家の前を通る人は、日の丸の旗を目印に寄って来る。そして、縁側に置いてある布に、一針ずつ針を入れて縫っていく。幸い父の母はトラ年だったので、息子のためにみんなより多く縫ってやれることが出来た。失う息子に、母としての願いを込めて……。

それから間もなく、千人針の布だけを手に、広島市内にある西部第二部隊へ向かうことになっていた。出発の朝、故郷の庄原の駅には、日の丸の旗を持った大勢の人たちが見送りに来ていた。父を含む六人が駅の前に立ち並んだ。父はここで、再び皆を代表して別れとお礼の挨拶をしなければならなかった。しかし、練習もなく、緊張していたせいもあり、卒業式のようにスラスラとは言葉が出てこなかった。その時は感無量の気持ちでいっぱいだったという。

徴兵前の父

見送りの人の中には、小中学生、親、兄弟、親戚の人たち、近所の人たち。英雄として兵隊へ出る自分たちのことを見るのは、これで最後になるかもしれないといわんばかりの盛大な見送りだった。この時、祖父や祖母は、立派な息子に誇りを持つ以上に、生きて帰ってくることを願っていたに違いない。

汽車は、ゆっくりと広島へ向かって動き出した。

（二度と生きて、この故郷の土を踏むことはないかもしれない）

幼い頃から育ったこの町の思い出が、次から次へとよみがえってくる。父は静かに故郷の町を頭に焼き付けて、遠ざかる故郷の駅を見送っていた。父、二十一歳の冬だった。

西部第二部隊入隊

一九四二年十一月。父たち六人を乗せた汽車が広島駅に着いた。駅から歩いて西部第二部隊のある場所へと移動した。現在の広島市民球場がある辺り一帯が部隊のあった場所だったという。

門の前には歩哨（警備兵）が二、三人、立っていた。

一歩中に入ると、たくさんの兵舎が立ち並んでいて、兵舎の裏から兵隊たちの訓練をする声が聞こえていた。この年、西部第二部隊には、父たちの前に二グループが入隊していた。その初年兵たちは、高校を卒業したり、士官学校へ行っていた者で、半年後には下士官へ、さらに一年後には将校へと昇進が決められていた。父たちは野戦（日本国外）へ送られるので、それまでは部隊での規律を教え込まれただけで、訓練は受けなかった。

入隊してすぐに軍服が支給されたが、西部第二部隊の中では、これといってすることもなかった。兵隊たちの特訓を時々みかけたが、練習風景は、個人ではなく、隊長の指示に従ってきびきびと動くロボットのようだった。もたもたしている者は、容赦なく殴られていた。

目の前で殴られているのを見ていると、自分たちが殴られているような気さえする。しかし、この時代、軍人にあこがれていた父は、その特訓も当然のこととして受けとめていた。これから先、自分たちもそうであるように……。

部隊では、毎日三度の食事とお風呂があった。十二月に出発する他数名の者たちを待ちながら約十日間、部隊の宿舎で寝泊まりをしていた。その間、仲間もでき、片言話をしていたが、ほとんどが見知らぬ者だった。

ある日、広島に住む叔父と叔母が会いにやってきた。何十年ぶりかに会う叔父と叔母も、自分に会うのが最後になるかもしれないと思ったのか？　それとも、生きて帰ってくるよ

うに励ましにきたのか、

「元気でやれよ」
と一言、言い残した。どちらにしろうれしかった。心強くも感じたし、照れくさくも感じた。

十一月二十五日。西部第二部隊に入隊十日後、満州から軍曹が一人で迎えにやってきた。日本の軍服は明治十九年に決められたもので（第二次世界大戦中、従来の立衿を折襟に改められた）カーキー色。布の帽子。巻脚絆《きゃはん》（足首まで巻く分厚い布）。皮の靴。鉄砲と水筒と飯盒。そして、背嚢《はいのう》（上シャツ、パンツ、ももひき、靴下、軍服の替え衿など一式ずつ入った袋）と雑嚢（何も入ってなく、自分の所持品を入れるもの）も一緒に用意されていた。『背嚢』とは、今で言う『リュックサック』、そして、『雑嚢』とは、布で出来た肩掛け鞄の小さいもの。

世界の軍服について見てみると、陸軍兵士の中ではフランスがもっとも遅れていた。戦闘服や装具は重くて動きにくいものだった。そして、もっとも優れていたのは、ドイツ軍の装備だった。デザインはスマートで、実戦に適用し、ヘルメットも避弾性も最良のものであった。

このころの日本は、第二次世界大戦の真っ只中だった。一九四一年、ハワイの真珠湾攻撃をきっかけに太平洋戦争に入っていた。日本軍は翌一九四二年春までに、フィリピン、インドネシア、マレー、シンガポール、ビルマなど、東南アジアと西太平洋のほぼ全域を占領するにいたっていた。

しかし、日本の国力は、アメリカに比べて遥かに低いものだった。もともと戦争をする力は充分ではなかったので、中国との戦争を続けたまま、アメリカと戦ったのでは勝てる見込みはなかった。そして、六月のミッドウェー海戦により、敗北。日本は、軍事経験もない人々を、二十歳を境に、満州や中国の野戦へ送っていったのだった。

広島から、満州へ送られるのは十二月で、二十歳（父の場合は二十一歳）になる者ばかり二十名だった。軍曹の、

「さあ、行くぞ」

という掛け声で、二十名は汽車で福岡県の門司まで移動した。

門司から朝鮮の釜山までの船旅。玄海灘を通る船の揺れはただものではなかった。まるでエレベーターで三階まで上がり、また一気に降りていく感じだったという。

「船に乗り込んだら、全員立ちあがるな」

「寝ていないと酔うぞ」

と軍曹が言った。トイレに立とうとするならば、たちまち嘔吐が押し寄せてくる。そのため、食事以外は立ちあがろうとしないが、まともに食事が喉を通る者などいない。皆、必死でしがみついているしか方法はなかった。

一日がかりで、やっと朝鮮の釜山へ到着した。

日本は、日清戦争で勝利して以来、アジアの強国とみなされ、朝鮮を植民地化しようと考えた。そして、日露戦争が勃発し、アメリカの仲介を入れ、ポーツマス条約を結んだ。それをきっかけに朝鮮の植民地化が進み、日韓協約を押し付けて、事実上の植民地としてしまった。それ以来、日本人は、朝鮮は日本国だと思っていた。だから、いたるところに日本人が住んでいても、不思議には思わなかった。

朝鮮の町の中には、日本人用の軍事施設があった。そこで停泊し、日本食が支給された。食事は米と大豆と麦が主食であったが、量もあり、特に困ることはなかった。

朝鮮を通り過ぎて目的地は満州であった。満州国になる前の中国は、一九三一年（昭和六年）に起きた満州事変によって、日本軍の支配下に置かれた。同七年三月、満州国が成立し、日本による植民地政策の場となった。日本政府は、首都を新京に定め、大掛かりな都市計画を導入し、首都建設に取り組んだ。この当時の満州には、ロシア革命以来、逃れてきたロシア人も多く住んでいた。そういった理由で、満州の町には、日本人、中国人、白系ロシア人などが入り混じっていた。

満州を通りすぎ、一ヶ月かかってやっと中国の南京へと到着した。途中、歩けなくなった者も数名いた。その者たちは近くの日本人軍事施設で休み、後から来る次の部隊と合流して、再び目的地を目指す。この時、一番不安だったこと、それは、今日が何月何日であるのかわからないことだった。そして、何処《どこ》まで行くのかもわからないまま、ひたすら歩きつづけなければならないことだった。

移動中のことは、緊張と初めての行軍で、ただ淡々と歩いていたため、あまり覚えてないという。

目的地『宜昌』での軍事訓練

年が明けて一九四三年一月。歩き続けて漢口へ到着。それから五日後、中国の宜昌《ぎしょう》へ到着。宜昌は日本軍の最前線であった。そこで現地の広島新設師団、藤第六八六四部隊へと合流する。

目的地の宜昌で、二三一連隊の第二大隊の第二機関銃中隊に入隊し、二等兵を命じられた。機関銃中隊は機関銃を扱う者と大隊砲を扱う者に分かれていた。大隊砲隊では、中隊に一つある五十センチばかりの小型大砲を扱った。

父たちの訓練が行なわれるところは、宜昌の街よりもずっと奥深い山の中にあった。田舎の以前、シナ人（中国人）が住んでいたところを借りて、そこが兵隊の寝泊まりする兵舎になっていた。着いた時は、父たちよりも早く来ていた兵たちの特訓が始まっていた。ここ宜昌に集められた兵隊は、父の住む広島をはじめ、島根や鳥取などの中国、四国地方出身の者ばかりだった。

点呼、銃器の手入れ、野外訓練、弾丸練習、装備の練習。過酷なまでの訓練が始まった。父にとっては初めての訓練であった。点呼。最大限、声を出す。そして、鉄砲を持っての移動の訓練。これは腹ばいのまま、敵に見つからないように移動する訓練だ。険しい山の中や林の中を毎日毎日、一日中這い回る。そのおかげで軍服は泥だらけだった。

初めて軍隊に入った者を『初年兵』または『二等兵』、そして、優秀な者から『一等兵』『上等兵』『兵長』『伍長』『軍曹』『曹長』という具合に半年ごとに出世していく。しかし、

中国戦線を行く日本軍兵士たち

一等兵の中から上等兵が選ばれ、上等兵の中から兵長が選ばれて、残った一等兵は、ずっと一等兵のままが多かった。一緒に入隊した者でも、どんどん上の階級へと出世する者もいた。父の場合、半年後に一等兵を命じられたが、その後の出世はなかった。

二三一連隊第二大隊は、一個分隊、二個分隊……と分かれていて、一つの分隊は十二名から二十名で成っていた。

第二機関銃中隊では、四人一組で機関銃（連発銃）の訓練をした。最初は機関銃の組み立ての練習。父たちの扱っていた機関銃は、頭と胴体で二つに分解できるものだった。それを四人で素早く組み立てていく練習。さらに、機関銃を分解して、急な道や山の中、崖などで運ぶ練習。四人一組で、一人は機関銃の頭部分、もう一人は胴体部分、そして残りの二人は弾丸をそれぞれ背負って運ぶ。四人の中でも目のいい者は機関銃を打つ訓練（射撃訓練）。

父の場合、弾丸を運ぶのを担当していた。その弾丸は、一箱に二十連入っていて、縦三十センチ、横四十センチもある大変大きなものだった。それを背負い、崖を登る練習。箱は凄く重く、背中は擦傷《すりきず》だらけで血が滲《にじ》んでいたという。しかし、

「怪我をした」

と言えば班長に怒られるので、黙っていることも多かった。

父たちが訓練をしていると、しきりに、

「まっすぐ歩け」

と言われ、足を叩かれている者がいた。

よく見ると、その一等兵は、『内股』で歩いていた。（なんか変わった奴だなあ）と思ったのが最初だった。くる日もくる日も叱られている。ある日、その一等兵と話をする機会があり、

「お前は軍隊にくる前、いったい何をしていたんだ？」

と聞いたことがあった。

するとその一等兵は、

「私は、踊りを習っていたんです」

と答えた。

なるほど、これであの『内股』のわけがわかった。そして、この一等兵は、言葉遣《づか》いも女っぽく、特技は裁縫だった。この裁縫の特技があったため、父たちは、軍服のほつれや破れに布を縫い付けてもらい、助かったことが多かったという。

父には、いつも一緒に行動する『桑原さん』という戦友がいた。しかし、怒られる時も一緒だった。

当番制で、夜、歩哨（見張りをすること）に二人で立っていた時だった。毎日の訓練で疲れている父たちは、交代で仮眠を取りながら任務をこなしていた。しかし、その時、二人は一緒に居眠りをしてしまった。班長がやって来てひどく怒られ、『対向ビンタ』というものをやらされた。二人はお互いに向き合って、両手でビンタをし合う。しかし、相手は親友だったので手加減をした。するとすかさず、

「手抜きをするな、もっと音がするほど殴れ」

と班長からの怒鳴り声。それでも手ぬるいと、班長自ら、

「こうやってするんだ」

とばかりに、思いっきりビンタされる。

それが原因で出世が遅れ、一等兵のままだったのかな？　という。

軍隊でも休日があった。そして、わずかばかりのこづかい（軍票）をもらえた。休日ともなると、戦友たちと共に宜昌へと山を下った。宜昌の街は、訓練している山と違い、にぎわっていた。娯楽施設もあった。

父たちは、シナ人（中国人）たちの営業するいろんな飲食店へ行き、美味いものを食べ、少量のお酒も飲むことが許された。軍隊の中では、こづかいだけではなく、タバコやそのほかの嗜好品も支給されていた。さらには時として、昼間から宴が催された。酒を飲み、芸のある者は、歌を歌ったり、踊りを踊ったりして、みんなの前で披露した。

父たちの兵舎より二十メートルから三十メートル離れたところに、上級兵（中隊長、小隊長、班長など）の兵舎があった。そこでも時々、酒を飲んで、宴が催された。その時、呼ばれたのが、あの例の踊りをしていた一等兵だった。軍隊の中では、そういった部分で重宝されていた者だった。

宜昌の山の上から見下ろすと、ちょうど下にアジア最長の揚子江が流れていた。長さ六千三百八十キロメートル、流域面積一万一千七百五十平方キロメートルにも及ぶ。水は濁流で濁っていたが、その大きさは、目を見張るものだった。

休日ともなると、古兵（一等兵だが、何年もここで戦ってきた年長者）が、山を駆け下りた。何をするつもりかと眺めていたら、川に向かって手榴弾を投げた。すると、『バン』と爆発し、一メートル大の魚が浮かび上がった。それを捕まえて軍隊へ持ち帰っていた。その、見たこともない魚の大きさに驚いたものだという。

しかし、そんなことが出来るのは、古兵に限られていた。初年兵などは、手榴弾を勝手に持ち出すことは出来なかった。古兵は中隊長よりも長くこの地にいるので、位は下だが、中隊長も目をつむっていたという。

宜昌の山奥では、日本の陣地と相手（中国軍）の陣地からの攻撃戦であったため、お互いに砲を撃ったとしても、届かない位置にいた。そのため、敵の弾は飛んできても届かなかった。

一番日本軍の陣地に近づいた時でも、間隔は三百メートルも空いていた。とにかく、中国軍は、たいした武器や銃を持っていなかったため、日本軍としても、ただ陣地を守っているだけに過ぎなかった。けれど、一日二十四時間、夜中も交代で守っていなければならない。夜中、

「敵襲」

という声が響くと、眠っていても叩き起こされる。加えて素早い行動が要求される。

『敵襲』といっても、相手の弾がこちらに向かって撃たれただけで、こちらの陣地にまで

飛んでくることはなかった。

日本軍の扱っていた機関銃は、二十連の弾丸を続けて撃ち出すことが出来た。そのうち五発に一発は曳光弾だった。曳光弾は、真夜中でも砲の筋がくっきりと見えるので、今撃った弾が、どの方向へ、どれくらいの距離で進んで行ったか確認することが出来た。

「あの弾は、あっちの方向へ飛んで行ったぞ」

と言って距離を計る。

「今、三百メートル近く飛んで行ったぞ」

「いや、三百メートルは、飛んでいないぞ」

「今、二百メートル飛んだぞ」

と言いながら、一晩中機関銃の練習をしていた。時々敵が発砲してくるので、その音を聞くと、報告するのも仕事だった。

日本軍で扱っていた機関銃は、最長距離でも三百メートルは飛ばないものだった。もちろん、中国軍の弾丸も三百メートルには達しない。お互いにそれを知っていたので、決して三百メートルよりも近くにはやってこなかった。日本の陣地から三百メートル付近に敵が接近してきても、うっすらと敵の気配が分かるだけだった。敵もこちらの様子をうかがっているだけで、発砲はしてこなかった。

第一戦で戦う

その頃、第一戦（訓練ではなく相手と戦いを交える場所）に『敵襲』があったという知らせで、各中隊から二人から三人、一戦へ戦闘へ出なければならなかった。父もその中に入っていたので、そろって一戦へと行軍した。

一戦では、攻撃力は弱いながら、敵の弾もどんどん飛んでくる。その方向へ向かって、見つからないように這いながら前へ進む。

その間にも敵の弾は、容赦なく飛んでくる。隠れる木や草がない時は、田んぼの中を這って行く。

「フェーン」と音を鳴らして飛んでくる弾は、這っている自分の後ろへと飛んでいく。

「プスプス」と音を鳴らして飛んでくる弾は、自分の前に落ちる。そんな時は班長が、弾に当たらないように、

「前へ進め」とか、

「後ろへ下がれ」

と指示を出す。

ところが、士官学校上がりの中隊長ときたら、「敵砲」という合図があると、先頭に立って、

「行け！」と叫びながら、刀を翳《かざ》して突進していく。あまりにも軍人精神がありすぎて、命を大切にしようとしない。

「おい、おい、あれじゃあ敵の弾に当たってしまうぞ。士官学校を出てあまり実戦での経験がないのに威張っているんだからなあ」と古兵。

なるほど、士官学校を出ると小隊長、中隊長と短期間で出世できるが、実戦経験の少ない者は、軍人魂だけで行動しているように思われた。

その点、実戦経験の多い班長や軍曹などは、兵士の命を第一に考えてくれる。どんなに下級な兵士でも、命を落としたのではなんの力にもならないことを知っていたのだ。そういった軍隊内部での意見の食い違いなどは絶えなかったという。しかし、下級兵士は上級兵士の指示には逆らうことは出来なかった。

父が第一戦で戦っていた時、何度も命拾いをしたことがあった。

その一――

日本軍の陣地の回りには鉄条網が、張り巡らしてあった。しかし、敵は夜中に近寄ってきて、鉄条網を壊していく。そこで次の日は、その鉄条網を修理しなければならなかった。その役を父は受け持った。ところがちょうどその時、敵の弾丸が父の足元に当たった。幸い『ドン』と痛みは感じたものの、服の上をかすめただけだった。一瞬、（足をやられた）と思ったという。

前にも述べたように、中国軍の持っている武器は古いもので、威力もなかった。だからこそ足を貫通する威力がなかったのだろうという。

その二——

日本軍は掃討作戦（すっかり敵を打ち払うこと）に出た。夜になって父たちは、敵地へ向かっていた。その時、暗闇の中で、中国兵大勢に日本兵が取り囲まれてしまった。

（しまった、どうやって逃げよう）

しかし、中国軍は中国の民間人にも武器を運ばせていたため、軍人精神の薄い民間人は、日本人を見て、荷物を投げ捨てて逃げ出してしまった。父たちは、命からがら無我夢中で敵を通りぬけることが出来た。囲まれた時は、（つかまって捕虜にされるか、撃ち殺される）と思ったという。

そうやって、約一ヶ月の第一戦での戦いは終わりを迎えた。

一通の手紙と軍隊の掟

宜昌の山奥の陣地で訓練をしている時、一通の封書の手紙が父宛に送られてきた。差し出し主は、父の住んでいた実家の隣の娘からだった。内容は、堅い言葉で、父が無事でいるかを心配した手紙だった。それでも、下級兵士が返事を出しているのを見たことがなかったので、返事は出せなかった。

宜昌にいた頃、慰問袋といって、自分の身内や一般の人が、兵士に向けて嗜好品や服、さらに縫い道具一式などの品物を、袋に入れて戦地へ送ってきた。けれど、父のところへは、あの手紙以外は送ってこなかった。それだから他の者がうらやましかった。（身内は自分のことを忘れてしまったのだろうか……）と思ったものだった。

さらに手紙などは、慰問文といって、これも兵隊へ個人的に送られてくる。満州の野戦（戦争の一戦になっていない安全な場所）に郵便物を扱うところがあり、そこから各部隊宛《あて》に送られる。送るといっても、輜重兵などが歩いて部隊へ持っていくのが普通だった。

後で分かったことだが、日本から送られてきた慰問袋は、満州に着くと仕分けされる。その時、高価な物や良いものなどは、宜昌に届くまでに上の者（将校や士官など）が取り除いてしまう。そして、奥の戦地へ入るにしたがってだんだんと、届くはずのものも届かなかった。それでも、文句の一つも言うことは出来なかった。

慰問文については、部隊の中で『はがきはダメで封書に限る』と言われていた。何故なら、はがきだと、誰に読まれるか判らなかったからだ。もしもそれが恋文などならば、兵士みんなが集まっている場所で、おおっぴらに読み上げられる。そして、読まれた兵士は、みんなに冷やかされたうえ、本人には手渡されなかった。

父の場合も一通のみの封書の手紙も、手渡された時はすでに封を切られ、読まれた痕があったという。何につけ、慰問文や慰問袋が本人に届くまでは、何人もの上級兵士の手中にあったということだ。

夜、兵舎の中で寝る時は、軍服を脱いで下着一枚で寝るのが普通だった。ところが、夜中に小便がしたくなった時、これまた大変だった。兵舎から外へ出て用をたすのが普通だが、下着姿のまま外へ出ることは禁じられていた。そのため、起き上がって、軍服をきちんと身に着け、敬礼し、

「加藤聖三（父の名前）、小便へ行って参ります」

と中隊長に言わなければ行けなかった。ただ単に小便に行くだけでズボンをはき、軍服を身に着け、ボタンもきちんとはめて便所へ行く。今の時代で考えるとおかしなことだが、軍隊では当たり前のことだった。

軍隊の中では、どんな時でも、何かの合図にはラッパが使われた。ラッパの音も、その時その時で違った音を出した。例えば『起床』『就寝』『集合』『食事』などなど……。

しかし、軍隊では〈ラッパ吹き〉と〈衛生兵〉と〈炊事兵〉は出世しない、と言われていたという。

連隊本部へ行く

第二機関銃中隊に入ってしばらくした頃、中隊長に呼び出された。

「今から宜昌へ下りるように命じる」

「はい」敬礼。

宜昌の街には、日本軍の連隊本部があって、将校をはじめ連隊長・大隊長など上級の軍人が生活していた。中隊長は兵隊と共に一戦や訓練施設にいたため、連隊本部にいる者は少なかった。そこへ各中隊ごと、順番に宜昌へ下り、一人の隊長に一人から二人が付いて、身の回りの世話をすることになっていた。

父は一人の大隊長に付くことになっていた。任務は、隊長の食事運び・洗濯・小間使いなど、付きっきりで世話をする。軍隊での過酷なまでの訓練に比べたら、こっちのほうが楽だった。ある日、

「饅頭が食べたくなった。今から買って来てくれ」

と命令され、父は饅頭を買いに行った。戦地では、《軍票》といって、軍人がお金の代わりに使う紙切れがあった。これを持って買物に出かけるのだった。買物をしながら、いろんな店の前を通ると目の保養にもなる。

「ただいま帰りました」

饅頭を皿に盛って、お茶と一緒に差し出す。しばらくして、

「もういらん」

と隊長が言ったので、片付けに行った。すると、皿の上には饅頭が残っていて、皿を提《さ》げながら、その饅頭を口にほおばる。時として、そんなおこぼれが回ってきたので、得だ

った。

しかし、得なことばかりではない。

ある日、第一戦で中国兵が攻めてきたと、連隊本部に連絡があった。そこで、父が世話をしている隊長も、一戦へと出かけることになった。もちろん父も一緒について行った。隊長は馬に乗り、その後を歩いた。その時だった。敵（中国）の迫撃砲が隊長と父との間に飛んできた。（あっ）と思った瞬間、不発弾だった。もしも、不発弾でなかったら死んでいただろう。

三度も命拾いした父はこの時、（こんなことがあっても自分は生きている。俺は絶対に死なないかもしれない。日本に生きて帰れるのかもしれない）と思ったという。これから起こる、思ってもみなかったシベリア捕虜として生きて帰れたのも、この時の運の強さが力になっていたのかもしれない。

隊長たるもの、兵隊の後ろで兵士に指示を与えるだけで、ほとんど一戦では戦わなかった。それだから、父も隊長のそばに従っているだけで、戦いには参戦しなくてよかった。

約一ヶ月の隊長の下での小間使いを終えると、再び第二機関銃中隊へと戻っていった。

幸い、父の従事した大隊長は、温厚な人柄だったため、気に入らないと怒鳴りつけたり、叩いたりはしなかった。しかし、中には怒鳴りあげる隊長もいたという。

第二章――シベリアへの道

ロシアとの戦い

一方ロシア軍は、一九四二年の六月、スターリングラードの戦いでドイツ軍を破り、どんどん勢力を高めていった。そして日本に標的をそそぎ、満州国へと勢力を伸ばしていた。それからは徐々に満州とロシアの国境近くへと進出し始めていた。そしてついに、満州とロシアの国境までも攻めて来ていた。

その頃、日本は、太平洋の島々での敗北が続き、ロシアとの国境辺りも圧倒的なロシア軍によって追い詰められていた。そのため、中国中にいる日本兵を満州の戦場へと、どんどん送っていった。

　宜昌にある部隊は、一部を除いてほとんど全員、満州をロシア軍から守るため、満州へと北上して行くよう、中隊長から命令が下った。

　再び、長い移動が始まった。その時残って宜昌にいた者は、捕虜になっていなかったかもしれないという。

　移動は各中隊ごとに、馬に乗った中隊長を先頭に一列に並んで歩いていく。その後をみんなの銃を積んだ馬がついて行く。満州からの命令で期限が決められていたので、千人単位の兵隊たちは、夜も昼も休みなく歩きつづけた。途中で宜昌で炊いた飯盒《はんごう》のめしを食べたのを覚えているという。

　長時間の行軍で疲れて眠気が襲ってくる。

　眠っている者は、先頭を行く馬の尻尾を持って、馬に引っ張られるように行軍していた。いったん馬が止まると、そのまま立った状態で眠ってしまう。するとみんなも一斉に立ったまま眠ってしまう。馬が再び歩きはじめると、引っ張られるように行軍を始める。中には眠りながら歩いている者もいた。

　一九四五年（昭和二十年）七月。やっと、満州の毛家屯へ到着した。その時はすでに満州のすべての国境線が、戦場となっていた。

ロシア軍の大戦車部隊は、世界でも最強といわれるT34型で、重量二十八トン、口径八十五ミリ砲を搭載していた。装甲板の厚さは七十ミリもあった。この戦車でドイツ軍を打ち破った怪物だった。日本の古い戦車とは比べ物にもならないくらい大きく、日本の戦車の三倍はあるように思える。この戦車と戦おうと思えば、すでに日本も歯が立たないのは分かっていた。

一戦で戦っている日本兵の、敵に対して発砲する弾が、あまりにも古くて威力のないものばかり使っているので、心なしか（日本はろくな武器も送られてきていないんだ。ひょっとすると、戦争で不利な立場にいるのではないか……）と感じていた。その予感は当たっていた。中隊長がひそかに言った。

「日本は勝っていると言っているけれど、本当は負けているんだ」

「海戦でも負けてしまった。こちらも負けは近いかもしれない」

それを聞いて、うすうす感じていたことでも、日本が負けるとは信じられないことだった。

軍隊に夢こがれて入隊したものの、実際は厳しく過酷なものだった。かっこいいものでも何でもなかった。そういった失望の中、日本の敗戦はなおいっそう、失態を顕《あらわ》にするものだった。

ロシアの経歴

ここで、捕虜政策に至るまでのロシアの歴史についてと、第二次世界大戦で日本が連合国に無条件降伏した時の日本とロシアの関係を少し述べておこうと思う。

ロシアと日本が直接的にかかわりを持ったものは、あの『日露戦争』だろう。

日清戦争に勝利した日本は、中国にも進出したが、これをロシアは喜ばなかった。そして、フランス、ドイツを誘ってリャオトン半島の返還を日本に求めた（三国干渉）。日本は要求を受け入れた。しかし、日本はイギリスと日英同盟を結んでロシア軍攻撃を開始し、一九〇四年、日露戦争が始まった。

ロシアの政府は、小国の日本を相手に簡単に勝利するだろうと予想していたが、陸でも海でも失敗を重ねた。それを期にロシア国内でも国民の生活は貧しくなり、全国でデモが行なわれるようになった。有名な『血の日曜日事件』は、最初のデモだった（ロシア第一革命）。

その後、第一次世界大戦にも参加し、戦争が長引くにつれて国内は、物資も人手も不足していった。そして、一九一七年三月八日、戦争反対のデモが起こった（三月革命）。さらにレーニン率いる軍事委員会が臨時政府を倒し、レーニンを首班とする新政府が、新しい国家機構の建設に取りかかった（十一月革命）。そして、一九二二年、ソビエト社会主義共和国連邦（ソ連邦）が成立する。

一九二八年、レーニンの死後、スターリンが政権を握ると、彼は数回にわたる『五ヶ年計画』によって農業を集団で行ない、工業を盛んにすることによって国の経済力を高め、社会主義国家としての基礎を作ろうとした。農業については、コルホーズ（集団農業）とソホーズ（国営農場）が設けられ、農家が集団で農業を行なうようになった。工業については、重工業の発展がめざましかった。

さらにスターリンは、政治上のライバルを国外へ追放したり、処刑したりして、独裁権を確立した。

一九三三年、他国より遅れて、国際連盟に加入した頃から、ドイツと日本が主な敵と考えていた。

一九三三年に日本、ドイツ、イタリアの間に『日独伊三国防共協定』が結ばれるとあわてて、一九三九年に『独ソ不可侵条約』を結んだ。そして、この条約が結ばれた一週間後、ドイツはポーランドに侵略を開始し、第二次世界大戦が始まった。

一九四二年八月、ソ連軍がヨーロッパ諸国と戦闘をしている間に、ドイツ軍は、ソ連のスターリングラード（今のボルゴグラード）を囲み、攻撃を開始した。しかし、スターリングラードの人々は根強く抵抗した。ドイツ軍が手こずっている間に、ソ連軍（ロシア軍）はドイツ軍の後ろにもまわり、ドイツ軍の補給路を断ち切った。

ドイツ軍は、十二月の末になると、攻撃を諦《あきら》め、退去を始めたが、ソ連軍の攻撃の前に立ち往生し、ついに一九四三年一月、降伏し、ドイツとソ連は攻守を逆転した（スターリングラードの戦い）。

その後、ソ連軍は、さらにすべての戦線で反撃を開始し、一九四三年七月には、ドイツ軍の大攻撃を迎え撃って、これを破った。さらに一九四四年一月には、ポーランドからルーマニア・ベッサラビアへと軍隊を進めた。そして、一九四四年八月には、ワルシャワ市内まで進んだ。この時これにこたえて、ワルシャワ市民が立ち上がったが、ソ連軍はナチス占領軍による弾圧を見守るだけで、蜂起市民を見殺しにした。そして、ワルシャワを開放し、四月十六日に、ついにベルリンの総攻撃を開始した。

一九四五年五月二日、ベルリンは、ソ連軍に占領され、五月八日にドイツは、ソ連に降伏した（学研「ハイベスト教科事典」参照）。

一九四五年八月六日、アメリカが広島に原子爆弾を投下し、続けて八月九日に長崎に原子爆弾を投下し、それにソ連も参戦した。

日本の敗戦で課されたもの

一九四五年八月十五日。日本はついに、連合国に対し無条件降伏した。ラジオ放送で一斉に流されたが、戦地にいた者はラジオ放送など聞けるはずもなかった。何も知らされることなく、日本軍を信じて戦い続けていた。うわさで「日本は、敗戦した」と聞いたが、まったく信じられなかった。

しばらくして、全員が中隊長の前に集められた。

「日本は無条件降伏をした。我々は、本隊と合流して、ソ連軍（ロシア軍）によって、武装を解除される。すぐに、新京へ向けて出発する」と言い渡された。この時、全員が再び新京へ向かって行進を開始した。

首都の新京に着くと、大きな広場に集合させられた。こんなに大勢の兵隊が、この満州にいたのかと思うくらいの数だった。一斉に整列させられ、広場はあふれんばかりだった。

「これほどの兵隊を集めて、いったいどうするのだろう」

「まさかロスケの捕虜になるんじゃないだろうか」

そんな話が口々に出ていた。そうこうしているうちに、連隊長の話が始まった。

「諸君。ご苦労であった。日本軍は、戦闘を停止するよう陛下のご決断が、下された。これより武装を解除する」

その時の連隊長の話し方は、権威なく哀れに思えた。それだから、よけいに敗戦を皆ひしと感じた。

兵隊たちはみんな武器を置き、中には不名誉のためか、すすり泣く声も聞こえ、それが、堪えきれない悲痛な声となった。

「連隊長殿に敬礼」

張り詰めた空気を破るように、全員が最後の敬礼をした。父たち下級兵には、中隊長より、

「武器を置け」

と指示があった。薄々知らされていた『日本が負けている』という話に、まったく負け

を想像もしていなかった。それだから、何がどうなったのかわからぬまま指示に従った。実戦で命がけで戦っていた兵士に比べ、実感がなかったのは確かだった。

そして、『戦争に負けて良かった』と思った者もいた。それは、長年この中国の野戦でいまだに一等兵のままの古兵だった。なぜなら、軍隊で出世していくと、襟や胸の勲章に星やラインが増えていく。しかし、ここで、襟章や勲章が取り除かれると、上等兵も下等兵もみんな同じになるからだ。

武装解除される日本の関東軍兵士

戦争に勝って日本に帰ったとき、胸の勲章が一つ星のままでは、みじめな思いをしなければならなかったが、負けて勲章がはずされれば、それを示すものはなくなるわけだった。

それから、武装解除された兵隊は、途中、千人単位の作業大隊に編成された。

一斉に流れ込んできたロシア兵に警戒されながら、日本兵たちは新京の広場で三日間、野宿をすることになる。

日本兵にとっては、激しく戦ったアメリカと違い、『ソ連は本来、敵ではない』と寛大な処置への期待があった。また、ソ連側の、

「いったん北へ向かい、それから帰国する。南へ行けばアメリカ軍に殺されるぞ」

と説明があった。だから誰一人として、疑わなかった。ロシア人の、

「ダモイ」（帰れる）

「ニッポン、ダモイ」（日本に帰れる）

と言う言葉を頼りに、誰一人として、まさかこれからシベリアの捕虜になることなど、思ってもいなかった。

（長くここで待たされるのも、日本に返す準備をしているから、自分たちはここで待たされるのだ。こんなに大勢だから、仕方のないことだ）とじっと待っていた。この時、ロシア人は思った以上の日本人捕虜を、どこへ移動させればいいのか困っていたらしい。

日本人のソ連（ロシア）領内への移動は、一九四五年八月下旬から、一九四六年秋まで

つづけられた。その数約六十万九千人と記録されている（この数は、資料によって、多少はちがっている）。しかし、ソ連に抑留されたのは日本人だけには留まらず、

中国人　約一万六千人
朝鮮人　約一万三百人
モンゴル人　約三千六百人
満州人　約四百人
ロシア人　約五十八人
マレー人　約十一人
ブリアート人　約五人

合わせて約六十四万人と記録されている（ロシア側調査）。

こんなに大勢の日本人をシベリアへ移動させるロシアの狙いは、大戦で失われた労働力を確保するためのものだった。つまり、スターリンは、『五ヶ年計画』を達成するため、シベリアの開拓は欠かせないと思っていた。しかし、天然資源の豊富にあるシベリアは、気候が厳しく、好んで働く国民がなかった。そのため、安価な労働力を確保したかったのだ。

広島に原爆が落とされた頃から終戦にいたるまで、そして、これから先、軍人や満州の民間人などがシベリアで抑留されるに至るまでに、次のような背景がある。

一九四二年八月八日（広島に原爆が落とされた二日後）、新京で、夜中ソ連機の爆撃を機に、日本軍への進撃が始まった。関東軍（関東とは、中国の山海関より東一帯、『奉天』『吉林』『黒竜江三省地方』を指し、満州の別名ともなつていた。そして満州事変によって、満州国を建設した、『泣く子もだまる精鋭部隊』として恐れられていた日本最強の軍隊）の総司令部を南満州に移し、民間人を非難させようとしたが、すべてが大混乱となって、どうにもならなかった。

八月十五日の終戦となり、即時停戦を決めたが、ソ連軍はまだなお激しい攻撃を加えていた。そこで関東軍の『瀬島参謀』らが、直接、ソ連軍と停戦交渉を行なった。関東軍は、ソ連に対し、『速やかな戦闘停止』『日本軍人の名誉尊重』『居留民保護と本国帰還』『将兵の本国帰還』を要求した。しかし、ソ連のワシレフスキー元帥は、受け入れなかった。

その時点では、『日本軍人の階級章及び帯刀』『給食は黒パン三百グラムと米三百グラムの支給』は承知した。しかし、この約束は将校に対してのみで、下級兵士や民間人には実行されず、階級章と刀もはずされた。そして、この交渉中にも、日本軍はすでに武装解除していた。さらに新京の関東軍総司令部は、ソ連軍に占領されてしまった。その後、関東軍の幹部が突然、ソ連軍へ連行された。それが、抑留の始まりだったと言われている。
日本は、『日露戦争』のとき、ロシア人を人間として処理したが、ソ連軍は日本人を人間扱いする考えは、少しもなかったという。

一九二九年、ジュネーブで条約会議が開かれたとき、捕虜となった将官に対する規定の改定があった。しかし、この会議に日本は参加し、調印しているが、ソ連は出席しておらず、調印もしていない。終戦後、ソ連が出した『ソ連内務省捕虜管理規則』や『ソ連内務省捕虜収容所における日本将校捕虜規定』などは、一九〇七年のハーグ条約に基礎を置いていた。つまり新しく改定された項目などは、いっさい無視していたことになる。

さらに、捕虜に対する扱いにおいても、将校は、下級兵より特別な扱いをされるように書いてある。その一部を紹介すると、

『食料の支給量や炊飯時は、一般捕虜と分離したる将校のため特別定量に基づき行なわれる』

『自己の希望及び選択により労働を行なうこと』

などと書かれている。しかし、将校以外の捕虜に対する規定はなく、ソ連の思うがままに捕虜を扱ったことになる。

シベリアへ

新京からどれくらい歩いただろうか。長い日本軍の行列がどこまでも続いていた。その横には、ロシア兵がマンドリン銃という銃（日本軍のものより短く、弾が連発で出て来る）を構えて、日本人を監視しながらついてきた。

何処へ行く当てもなく歩き続けさせられ、中には、列を外れて逃げ出す者もいた。時も場所もわからないこの土地で、いったいどんな気持ちで逃げ出したのだろう。すぐにロシア兵に追いつかれて、逃げ切れないのがわかっていても……。

一日中歩きつづけ、少量の食事を与えられたように思うが、よく覚えていない。日が暮れても、回りに兵舎らしきものも、寝泊まりできるような場所もなく、みんなで野宿となった。毛布もなければ敷くものもなく、みんなで固まって眠った。

その行進は、一週間以上続いた。九月になり、さほどの寒さは感じないでも、夜は結構冷え込んでくる。満州北部（シベリア南部）は十月になると、もう冬に入り、雪もちらついてくる。

　ある時、行列の行進が止まった。（休憩かな）と思った時だった。目の前に大きな川が広がった。この川は満州とロシアの国境を流れている黒竜江（アムール川）だった。この川の壮大さは、今でもはっきりと覚えているという。しかし、黒竜江の向こうは流刑地で有名なシベリアであることは誰もが知っていた。

　北に進むに従い、寒さが増してくる。軍隊で支給された夏服だけではとうてい寒さは凌《しの》げない。関東軍の持っていた防寒着が配られたが、食事も満足に支給されず、疲れと寒さで死んでいく者もいた。

　そこから船に積みこまれて黒竜江を渡った。そして、向こう岸のシベリアへと運ばれた。川を渡ると、またしばらく歩きつづけた。しばらくして、話に聞いていたシベリア鉄道の路線が脇を通っていた。

「シベリア鉄道なら、ウラジオストクへ続いているぞ」

「日本が負けて戦争が終わったのなら、この汽車でウラジオストクまで連れて行ってもらえるのかもしれない。やっと帰れるぞ」

「いや、ロスケのことだ、反対方向へ連れていかれて、ロシアの捕虜になるのかもしれないぞ」

「いや、もしかしたら帰れるかもしれないぞ」

と兵士たちは口々に話していた。

路線には駅はなかった。汽車がくるまで、どれくらい待たされただろうか。やっと汽車がきた。しかし、やってきたのは客車ではなく貨車だった。

「おい。これは荷物を運ぶ貨車だぞ。こんなものに乗せられるのか」

「俺たち荷物かよ……」

「汽車に乗り込め」

とロシア兵が指図した。

「おい。駅もなくて、何処から乗れば良いんだ」

「これはよじ登るしかないぞ」

しかし、こんなにたくさんの日本兵が乗るには狭すぎる。貨車の中はすし詰め状態。貨車なので、窓らしきものも見当たらない。それで貨車の中は真っ暗。ドアやつなぎ目からかすかに漏れる明かりを頼りに、地べたに座っている者、立っている者。どんな体勢をとっても、貨車の揺れは体に堪《こた》えた。ロシア兵は監視のためか、貨車の屋根に攀《よ》じ登って銃を構えている。

「ウラジオストクはどっちの方向だろう」

「ロスケに聞いてみるといい」

日本兵の一人が、日本語でロシア兵に聞いた。

「ウラジオストクはどっち」

日本語は通じないが、『ウラジオストク』という言葉は通じたのだろう。ロシア兵の一人が西を指差した。

「あっちだと言っているぞ」

「だったら、反対方向に進めばシベリアか」

「よし。どちらに動くか賭けようか……」

など言い合っていた。さあ、出発となった。貨車は意に背いてシベリア方向へと走り出した。日本兵のわずかな望みも断たれることになってしまった。しかし、(もしもロスケの捕虜になるにしても、『捕虜は殺さない。大切に扱う』と決められていたので、殺さないだろう)と思っていたという。

貨車の旅は、とうてい乗り心地のいいものではなかった。窓がないため、中はムンムンしていて、いろんな臭いがただよった。小便やロシア兵の食事のため、時々、貨車は停止した。貨車に詰め込まれてから、まる一日は乗っていたように思う。

シベリアの気候

シベリアの気候は、冬と夏の温度差がはげしく、西から東へ行くほどその傾向が強まる。夏といえるのは六月から八月。その頃になると、短い草や木は一斉に花をつけ、日なたを歩くと汗ばむ陽気になる。しかし、八月にはもう霜が降りてくる。夏の気温は、十度から二十度まで上がるが、太陽がなかなか沈まず、白夜（夜でも明るい）となる。

そして、九月になると、雪がちらついて、木々が紅葉し、渡り鳥は南へ去る。十月になると冬となる。冬になると、急に寒さは増してくる。氷点下二十度を下まわる一月ともなると、シベリア北部では、氷点下四十度となる日もある。氷点下四十度といえば、地表も凍結して、地表から五十メートルから七十メートルまでも凍り付いてしまうという有り様だった。

ロシアは冬といっても、雪はあまり降らないで、晴れの日が多い。しかし、寒さは厳しく、秋に降った雪が冬の間、解けずに雪景色として見られる。永久凍土層といって、一年中凍っている土壌の層で、深さは数百メートルにも及ぶものもある。そして、急に温度が上がる六月から八月になっても、地表面だけ解ける。

シベリアの南部チタ辺りは、冷帯に属し、もみ類・松類などの針葉樹林に覆われたタイガである。ロシア人は毛皮のコートと帽子をつけ、毛皮の襟巻きをしている。しかし、日本兵は、夏用の軍服と支給された防寒着だけだった。

この年、十二月にシベリア一帯をマロース（厳寒）が襲い、それは例年になく凄いものだった。月間平均気温は、零下四十度と記録されている。日本人捕虜は、その猛寒波の雪の中を百キロも二百キロも行進させられたり、強制労働を強いられた。

第三章——チタ十四捕虜収容所

三日間の置き去り

一九四五年（昭和二十年）十月十日。

窮屈な貨物車の旅も、やっと終わりを告げた。

「貨車が止まったぞ、どこに連れてこられたんだろう」

「また、ロシア人の休憩じゃないのか」

しばらくすると、列車に乗っていた日本兵は全員降ろされた。そして、その行列は順々に輸送用のトラックに詰め込まれた。

「いったい、どこへ連れていかれるのだろう」

「日本に帰してくれるなんて、考えられないよなあ」

しばらく行くと、ロシア兵がトラックから下りるように指示した。

「ダワイ。ダワイ（さあ、さあ）」

トラックを下りると、そこには限りないくらいの野原が広がっていた。辺りにはまったく何もなく、建物一つとして見当たらない。日本兵を下ろしたトラックは、日本兵を野原に置き去りにしたまま去って行った。いつロシア兵が戻ってくるかと待っていたが、いっこうに姿を現さない。その日、日が暮れてもとうとうロシア人らしき者は現れなかった。ろくに食べていない日本兵は、（このまま、自分たちをゴミのように捨てていったのだろうか……）と思わざるを得なかった。

オオバコ

昨日からなにも食べていない。空腹に耐えかねて、誰かが回りの草を食べ始めた。すると、みんなむさぼりつくように草を食べ始めた。回りに生えている《オオバコ》の葉っぱは、苦くてまずい。誰が思いついたのか、草を飯盒で茹《ゆ》で始めた。そして、持っていた塩で味付けた。なんとか食べられる。
父も《オオバコ》の葉っぱを、塩茹でにして食べたという。ロシアの大地に生えている《オオバコ》は、日本のものより大きい。やっぱりまずかったと……。しかし、少しでも空腹を満たすには、そうするしかなかった。

野原に置き去りにされて？　から三日が経ち、やっと、ロシア人がマンドリンを構えて現れた。そして、また、この広い野原を何処へ連れて行かれるのかわからないまま歩き続けなければならなかった。この時から、自分たちはこのロシアの流刑地シベリアで、囚人同様に扱われるのだろうと感じていた。

芋掘りと塒作り

一九四五年（昭和二十年）、チタにあるチタ十四捕虜収容所に着いた。チタ以外にも、二千ヶ所もの捕虜収容所があったといわれる。

チタ十四捕虜収容所は、辺り一面だだっ広い畑が広がっていて、収容所の回りには高い囲いが巡らされていた。そして、中には、兵舎らしき建物がいくつか建っていた。

「助かった、あそこに入れるのか」

「やっと家の中に入れるぞ」

しかし、そこはこれからずっと捕虜たちが住むためのものではなかった。地上では、シベリアの厳しい寒さを凌《しの》ぐことはできない。そこで、日本人捕虜は、ロシア人の指示によって、自分たちの住む穴を掘らされることとなる。穴といっても、後で述べるような馬鹿でかい立派な塒《ねぐら》だった。

農場での芋掘り

労働にもいろんな種類の労働があり、収容所ごとに違っていた。父たちは、まず農場の芋掘りだった。見る限りどこまでも続く広大なコルホーズ（国営農場）。世界がすべて芋畑になったような印象で、『すげえー』の一言だった。畑の端から端まで千五百人もの捕虜が一列に整列させられても、まだ足りないくらいの広さ。そこから一斉にじゃがいもを掘り進んでいく。

どこまで行っても、畑以外何も見えない。地平線の先までも畑で、その端から、毎日太陽が昇ってくるように思われた。一日三交代で、夜も昼も掘りつづける。一人あたり八時間労働である。

ロシアの農場は国が経営しているので、広大な芋畑だけではなく、キャベツやとうもろこしなどさまざまなものが植えられていた。それも一作物につき、芋畑と同じくらい広大な畑だった。日本人捕虜は、農場では芋掘りが専門だった。他の作物の畑は、ロシア人女性が行なっていた（男はほとんど兵士として駆り出されていた）。

農作業は三日くらいで終わり、それからは、自分たちの住む穴掘りに励んだ。初めロシア兵が『穴を掘れ』と言った時は、掘った芋を入れるためかと思った。しかし、掘っていくうちに、自分たちが寝泊まりする穴だとわかった。全員が入るには、かなりの大きな穴を掘らなければならない。道具もシャベルだけだった。広い農地を、地下に向かって掘り進んでいく。

日本でも作られた『防空壕』とは違い、穴を掘っていき、掘り起こした土は、穴の上へと覆いかぶせていく。そして、奥行き五十メートル、幅三メートル、深さ一メートル、高さ二メートルという《芋虫》を大きくしたような形の住居が出来あがった。出入り口も結構大きく、出入りするのに困らなかった。そこへドアを付け、中に入ると地下まで階段があり、地上と接する辺りに窓も作られた。

そして、穴の周りにペチカを作っていった。ペチカとは、一箇所、暖炉のようなもので火を焚き、部屋の周りに作った空洞へ煙を送り、暖を取るものだ。その空洞も捕虜によって作られた。部屋の内側に、壁に沿った二十センチくらいの溝を作り、その上に板を置く。そして、その上に再び土をかぶせて固める。これは結構暖かかった。

出来上がった塒《ねぐら》の中には、長椅子のようなベッドが並べられた。約二十人から三十人が収容できる大きさだった。外から見ると、まるで芋虫が並んでいるようであった。

穴が出来あがるまでは、農家の近くの木造建ての宿舎に入っていた。しかし、シベリアの冬は予想以上の寒さで、食料も満足に与えられない。そのため朝起きてみると、隣に寝ていた日本人が冷たくなっていた。この時期、チタ十四捕虜収容所内だけで、三百五十人にものぼる日本人が寒さと飢えで命を落とした。

土で作った宿舎と内部

掘った穴の中の生活は、地上より暖かく、中にいる時は、上着は必要としなかった。
シベリアでは、コルホーズで芋を掘るためにバカでかい機械が活躍していた。そんな機械を見たことのない日本人捕虜たちは、まるで戦車のような怪物に驚いたものだ。日本人捕虜は、機械は使わず芋を掘るだけの作業で、掘った芋は、ロシア人が拾い集めて、トラックに載せていくという共同作業だった。

広大な芋畑はどこまでも限りなく続いていたが、芋畑の隣には別の農作物の畑が続いていた。キャベツやにんじん、とうもろこしが広い農地にすずなりになっていた。監視もなく、父たちはその畑へ忍び込んで野菜を頂戴した。

うまく持ち帰って料理する間もなく、その場で採ってむさぼり食った。採り立ての大根、にんじん、キャベツ、とうもろこし。生のままかぶりついたが、新鮮で格別おいしかった。父は人参が大嫌いだったにもかかわらず、ここで食べた人参は甘味があって、とてもおいしかった。特にキャベツの芯は、とびきり甘くておいしかった。

捕虜となった最初の頃は、ロシア側がシベリア鉄道を使って、満州から日本軍用に蓄《たくわ》えてあった食料をシベリアへと運んでいた。その荷降ろしに、各班ごとに交代で手伝いに行かされた。何といってもその食料は、日本軍のものだ。しかし、ロシア側は、それをすべて奪おうとしていた。（こんなことが許されていいものか）と、日本人捕虜は考えていた。

捕虜用の食事は、一日一回、米と野菜、黒パン一枚がロシア人から各部屋ごとに配られた。米は、炊いておかゆにする。それが飯盒の中蓋に軽く一杯くらいずつ。そして、野菜などは、薄い野菜スープにして配られた。しかし、おかゆもほんの少し米粒が見えているくらいの重湯《おもゆ》に近いものだった。

そして、一日一枚の黒パン（コウリャンのパン）は、幅は十五センチ、厚みは三センチくらいのもの（三百グラムと言われているが、それより少なかった）。これだけでは、重労働後の若者には足りるわけがない。

ソ連第一極東方面軍に降服した日本軍兵士

各宿舎に二人くらい『炊飯係』がいた。その者たちは、ロシア人が指名して選ばれたが、労働は免除された。おまけに食事を作った後の鍋に付いている『焦げ』などを削いで食べたり出来たので、結構いい係だった。父は長いシベリア生活の中で、一度も炊飯係になったことがないという。

そうであっても、やはり捕虜たちの胃袋は、いつも空っぽに近かった。父の場合、比較的体力があったためか、荷降ろし係が主だった。

貨物から食料などを降ろしていく時、ロシア警戒兵の目を盗み、自分たちの背嚢《はいのう》に食料を忍び込ませた。そして、外套の内側に隠し、持ち帰った。けれど、荷降ろし作業を終えて帰っていく捕虜は、身体検査をされて、食料を隠し持ってないか調べられた。しかし、皆、服の内側に隠していたため、見つかることはほとんどなかった。

収容所に帰ると、塀の向こうで仲間が待っている。そこへ食料を入れた背嚢や服の内側に隠しておいた食料を、塀の壊れた穴から滑り込ませる。そこでは厳しい警備はなかった。それでもやはり、見つからないようにやらなければいけない。ここまでくれば、チームワークも馬鹿には出来ない。

そんなある日、父はいつものように、背嚢に食料を隠し、服の中に大きなとうもろこしを何本も隠していた。あまりにも大きかったため、検査時にとうもろこしが見つかってしまった。ロシア人は怒って、父を殴り飛ばした。しかし、こんなことがあっても、日本人捕虜の猫糞《ねこばば》行為は続けられた。

　そんな中、この厳しい寒さと飢えで死んでいく者も数多くいた。慣れない酷寒のシベリアの気候に体が順応しないまま、雀の涙ほどの食料。胃の中は空っぽで胃痛を感じるほどの飢え。それに耐え切れない者は、容赦なく倒れていく。飢餓に耐えきれず、手当たりしだい物を漁《あさ》る（死者のお腹の中に、大量の生のじゃがいもが入っていたという話もある）。そのため下痢を起こし、脱水症を起こして死にいたる。

　飲み水も生で飲めるような水はなかった。井戸は農場へ来る途中に一つだけあった。大きな井戸で、凍結のため、地下十メートル以上も掘ってある深いものだ。ポンプが取りつけてあり、農場近くの人たちが利用していたのだろう。捕虜となってここへやってきた時、一緒にいた医者が言った。

「この井戸水を絶対に飲むな。もし、一口でも飲んだら、下痢をしてしまう。ここには薬はない。かならず死んでしまうぞ」と。

　しかし、栄養失調で体調を崩している者など、喉の乾きに我慢できずに飲んでしまう者がいた。そして、医者の言ったように、下痢がひどくなり、脱水症を起こしてかならず死に至った。死体はみんな裸にされる。そして、死体を置く倉庫があり、死体を次々と投げ込んでいく。剥がされた服は、洗濯されて、べつの人が使った。

父も下痢になったことがあった。しかし、井戸水は飲まず、治るまで何も口にしなかったという。井戸水で、喉の乾きに耐えきれず飲んで死に至った者は、ほとんどが、入隊前、恵まれた環境で育った者が多かった。父がなんとか耐えることが出来たのは、子供の頃から、多少の我慢はいつもせざるを得なかった環境で育ったからだと……。

この一年目の冬、この収容所で日本人の約四分の一もの捕虜が死んでいった。

炭鉱での労働

コルホーズの農作業が終わり、次にやらされたのは、炭鉱での労働だった。

農場の近くに作った穴ぐらから、一キロメートル歩いて炭鉱へと通っていた。

炭鉱作業は、なかでも最も重労働だった。この頃は、外気はすでに氷点下二十度以下の厳しい寒さだった（この年の冬のマロースの影響）。外で作業をしていると、鼻毛まで凍ってしまうようだった。

ここでも八時間という労働のノルマがあった。朝一番は八時から四時、そして、四時から深夜十二時、十二時から朝の八時までと分担され、二十四時間労働は続けられた。時間の分担は、朝番、昼番、夜番で、十日交代で行なわれたため、それぞれどの時間帯でも作業するように組まれていた。

その中でも深夜の労働が一番堪《こた》えた。前の班が帰ってきて、次の班を起こすがなかなか起きない。自分が目が覚めても、全員起こすには一苦労だった。

「おい。交代だ。起きろよ」

炭坑の様子

といっても起きない。なんとか振り起こしても、ここから一キロメートルもある仕事場へ歩いていかなければならない。炭鉱作業の時期は冬。想像もつかないくらいの冷え込みだった。そうやってやっと炭鉱現場に着くと、さっそく作業に取り掛かる。石炭を運び出す前に穴を掘るが、穴を掘る作業の前に、ロシア人が爆弾を仕掛け、その爆発によって穴があく。そして、その後を捕虜たちが、下へと掘り進んでいく（地下へ行くほど暖かかった）。

掘り出した石炭は、特大のトロッコに積まれ、外へと運び出される。その間も、手や足も凍り付いてしまわないようにしなければならない。かなりの疲労と寒さのため、作業はなかなか進まない。もたもたしたりサボろうとするならば、ロシア人が銃の先を向けて、作業を続けるように指示する。

ロシアの警戒兵は、「ダワイ・ダワイ・ニッポン」と何かにつけて、『一生懸命働いた者は、日本へ帰してやる』と言っていた。炭鉱で使われていたのは、ロシアの囚人たちだった。見るからに怖《こわ》そうだった。中には女性もいたが、日本で見る女性とは思えない大きくたくましい女性だった。この女性たちも囚人だった。

また、ロシアの警戒兵の指示で指揮を取るのは、軍曹や曹長だった。捕虜になった時、胸の勲章はすべて取り外し、みんな同等だったはずだが、いつの間にかそういうことになっていた。

冬の作業には、防寒外套とフェルトの靴が支給された。これは、日本の関東軍が持っていたものだ。さらに、凍傷を防ぐため、顔には手ぬぐいをほおかぶりし、毛糸で編んだ頭巾をかぶる。その頭巾には、目と鼻の部分に穴があいていた。さらにその上に『防寒帽』といって、頭と耳をすっぽり包む分厚い布の帽子をかぶった。

手には、軍手をはめ、その上に親指と人差し指と残りの三本の指と三つに分かれた分厚い手袋をした。それでも、鼻の部分は直接、外気に触れるため、いつも擦《こす》っていないと凍傷になってしまう。

真冬の炭坑での服装

仲間の顔を見ていると、鼻の頭が白くなり、徐々に透明になっていく。

「おい。鼻の頭が白くなっているぞ」

と仲間に教え合い、あわてて鼻を手袋のまま擦ったものだという。しかし、これくらいでは、もっとも寒い冬の凍傷の心配から逃れることは出来ない。凍傷で足や腕を切断しなければならなかった仲間もいるという。寒さと飢えで体力が消耗し、普通では考えられないような軽作業も重労働に感じる。

炭坑の中は、比較的外に比べて暖かかった。時としてロシアの警戒兵が炭鉱現場を離れて行く。すると、すかさず皆で手を休める。そして、気を紛《まぎ》らわすためにいろんな話をする。話の内容は、食べ物の話と日本へ帰ることだった。

自分のノルマが終わって塒《ねぐら》へ帰ると、その日の食事が用意されていた。黒パン一枚とスープ。一日に一食しか与えられない食事を一度に全部食べてしまうと、次の日の支給まで何も食べない状態が続いた。そうなると、作業を終えて帰ると途中は、塒まで這いつくばって、やっと辿りつく状態だった。体力が消耗し、立って歩こうにも立てない状態（こんな状態で作業をしていたなんて、考えられない光景だ)。

日本人捕虜の中には、腕時計をしている者が数名いた。ロシア人はその時計を珍しがった。そして、労働をしている日本人捕虜から腕時計を奪い取ってしまった。へたに抵抗すると、あの逞《たくま》しい体で殴り倒されてしまう。女性でも、日本人捕虜を押さえつけて物を奪う者もいたという。目の前でそれを見た父は、

(自分は腕時計をはめていなくてよかった)

とひそかに思ったものだった。飢えと疲労の溜まった日本人捕虜には、飛びかかる力は残っていなかった。

怪我で労働免除

ある日、父はトロッコに石炭を積んでいた。線路にトロッコを止めるため、鉄の歯止めがしてあった。積み終わったトロッコを動かすため、歯止めをはずそうとした時、歯止めに右手薬指を挟まれてしまった。あっという間の出来事だった。寒さで手がかじかんでい

て、手元が狂ったのだ。

自分に何が起きたのか分からなかった。よく見ると、右手薬指の先が切れてぶら下がっていた。それと同時に、ものすごい痛みを感じた。そして、すぐに医務室へ運ばれている自分がいた。手当ては簡単で、傷を消毒し、包帯を巻くだけだった。傷口を縫うわけではなかった。そして、そのまま自分たちの塒《ねぐら》へと送られた。怪我をしたことにより、しばらくの間労働は免除された。

塒には、四、五人の同じように怪我をした者が寝たり起きたりしていた（とかく炭鉱作業では、怪我人が続出した）。おかげで、寒さの中での労働は免除された（傷は痛むけれど、炭鉱作業よりはましだ）。けれど、この寒さで用を足そうと外へ出ると、寒さで傷口に飛び上がりたいくらいの痛みを感じる。不衛生さも加わって、とうとう指は化膿してしまい、結局、二ヶ月もの間、労働が出来なかった（今なお父の右手薬指は、他の指より少し短い）。

塒ではやることもなく、長い夜を仲間との話で花が咲いた。東北出身の者が言った。

「自分の故郷では、納豆といって、大豆を藁に包んで腐らせたものを食べるんだ。それが、ものすごくうまい」

「納豆って、そんなに美味《うま》いのか？」

「美味いのなんのって、思い出すだけでもよだれが出るよ」

「どうやって作るんだ？」

「まず、大豆を煮て、それを藁に包んで、暖かいところに置いておく。しばらくしたら、大豆が糸を引くようになる。そうしたら食べどきだ」

「それなら前にいっぺん食べたことがあるけど、臭くておいしいものじゃなかったぞ」

「いや、美味いよ」

「そうか？」

京都出身の者が言った。

「自分の地方では、さば寿司といって、美味いものがある」

「さば寿司？」

「そうだ。腹を開けた生のさばを、米の上に乗せて一緒に炊くんだ」

「ふーん」

「それに、わしたちのところでは、茶粥をよく食べる」

「茶粥？」

「うん。ただ、お茶でご飯を炊くだけのものだけどね」

「ふーん。美味そうだ」

とにかく出てくる話と言ったら、やはりここでも、食べ物の話だけだった。しかし、話だけではお腹は膨《ふく》れない。むなしさが残るだけだった。

ある日、父が眠っていると、いい匂いがしてきた。肉でも焼いているような香ばしい匂い。思わず匂いにつられて起きあがった。

「いい匂いがするけど、なにを焼いているんだ」

「これか。これは鼠だ。食べるか」

「ひえー。いくらお腹が空いていても、鼠だけは勘弁だ」

さすがの父でも、こればっかりは食べる気にならなかった。この鼠、実は日本人捕虜がみんな持っている雑嚢の中に紛れ込んだようだった。雑嚢の中には、一日一個の黒パンを入れ、少しずつ大切に食べていた者もいた。そのパンくずが残っていたため、鼠が自分から入ったようだった。

「おい。俺の雑嚢に鼠が入っているぞ。こいつも食べられるかもしれない」

「焼いてみたらどうだ」

ということになり、部屋の周りに剥き出しになっているペチカの上で焼いていたらしい。とにかく食べ物がなく、どんなものでも蛋白源として重宝されていた。

日本人は小便をしたくなると、外で立ちしょんをすることが多かった。しかし、これをロシア人は嫌っていた。夜のうちに小便をすると、夜は暗くて分からないけれど、朝になると雪の中が、小便をしたところだけ黄色く染まってしまう。それをロシア人が見つけると、決まって怒鳴り込んできた。

ある日、作業現場へ移動中、日本人が立ちしょんを平気で飛ばしていた。すると、すかさずやって来た。

「前を隠してやれ」

とロシア人が言う。

「何でいけないのか」

と日本人が言う

「女の人が来たらいけないからだ」

と身振り手振りで言い合う。

(『女の人が来たらいけないから』だって。そんな場合じゃない。ロスケは、小便をしても大便をしても、紙で下を拭かないくせに……まだ、小便を飛ばすほうがましだ)と思い、ロシア人と言い合ったものだった。しかし、ここに来て、生活習慣の違いから、特別にトイレ用の紙がなかったため、日本人捕虜は、紙の代わりに葉っぱを利用した。

父のいた収容所では、地表が凍りはじめる前にトイレ用の溝掘りがなされる……と書けばピンとくるだろうが、トイレは、収容所の近くに縦三メートル、横一メートルくらいの仕切りを作り、回りに溝を作っただけの簡単なものだった。その上に大便をする。

ちょうど冬場で、気温も氷点下。すぐにカチカチに凍ってしまう。それを《つるはし》で壊し、その上に重ねて大便をしていく。それがいっぱいになって盛りあがってくると、ロシア人が馬車を運んでくる。その中へスコップで、カチカチに凍って砕けた便を積んでいく。そして、それをロシア人が何処かへ持っていく。その作業を終わると、砕けた粉が服などに付いて、しばらくの間は臭かった。冬はその程度だったが、夏場は大変困る。臭いがあってたまったものではない。

収容所の風景

父のように軽い怪我で休んでいる者はいいが、この季節、寒さと飢えで死んでいく者がたくさんいた。死んだ人を埋めるのも捕虜の役目だった。冬場は、死体を『そり』に乗せて墓地まで運んで行く。自分の目の前ではじめて死人が出た時、裸の死体を埋めるための穴掘りに駆り出された。といっても、冬場は氷点下二十度以下で、土を掘り起こそうとしても、なかなかシャベルがたたないくらいの凍結だ。まるでコンクリートでも掘っているかのようにガチガチ。

そこで、ロシアの警戒兵が教えた。まず、死体が入るくらいの広さに《石炭の粉》を蒔《ま》いて火を付ける。そうすると、そこだけ凍った土が柔らかくなる。そのあとをシャベルで、やっと死体が隠れるくらい（三十センチ）の穴を掘る。それでも、一つの穴を掘るためにかなりの時間を要した。やっと一人分の穴が掘りあがっても、またすぐに次の者が死んでいく。たくさんの死体は、ロシア人によって、倉庫に無造作に投げ込まれた。

死体置場に一晩置いておいた死体は、コチコチに凍っていた。たくさんの死体なので、一度にまとめて二体埋めようとする。しかし、二体も入らなかったので、コチコチに凍った死体を叩いてバラバラに折って埋めた。名前のわかっている死体は、その人の知人が、手首の部分だけ折って火葬した。その骨は、箱に入れられ持ち帰られた。凍結した死体は、何日も腐敗しないので、保存状態はよかった。

そんな作業をしながら、（自分も死んだら同じように扱われ、骨さえ日本に帰れない。想像しただけでも寒気がする。絶対に死なないぞ）と思ったという。同じ仲間を失っていく時の悲しみは、胸に突き刺さる。しかし、死に対する悲しみの感情は、しだいに労働のひとつにすぎないように思わなければやりきれなかった。

このように、父の場合体力があったため、一番重労働の炭鉱労働が、指を怪我するまで延々一年くらい続いた。この一年は、炭鉱と宿舎との往復。さらに、労働と就寝との繰り返しだった。ただ、淡々と時は過ぎていった。

道路工事

父は指の怪我のため、二ヶ月の間、労働が免除された。

傷が治ってきた頃、作業の中では少し軽い道路工事の仕事をすることになった。そのため、今まで住んでいたところより山に近い場所へと連れて行かれた。時は五月、やっと春の訪れがうかがえる季節だった。

道路工事の作業は、道の脇に溝を掘ったり、崩れた道を修理したりする。この時、道具といえばスコップ一本。ロスケが番をしている時は、さすがにまじめに手を動かす。しかし、ロスケの姿が見えなくなると、みんな一斉にスコップを投げ出して作業を中止する。そして、また、ロスケがやって来ると、スコップを持って作業を始める。食べ物もろくに与えられず、お金ももらえない労働に、いつしかみんな要領を覚えたものだった。

この作業場の近くには穴蔵ではなく、宿舎があった。その宿舎は、木造建てで、粗末なものだった。中には二段ベッドが備え付けられてあった。その当時、ロシアも戦後で人手もなく、宿舎の中はめちゃくちゃな状況だった。以前使っていたらしき食器などがあったが、かなり古くて粗末な物だった。そこに三十人くらい（道路工事と森林作業合わせて）が一緒に住んで、作業場へと別れて行った。

ある日、道路工事と森林作業に従事している者の宿舎に、ロシア人がやってきた。

「この中に左官をしていた者がいるか」

と通訳を通じてたずねられた。

初め、各作業隊に分かれる前に、自分に何か得意なことや以前に従事していた仕事などを聞かれたことがあった。しかし、父の場合はこれといった手に職がなかったので、なにも書かなかった。ここに来て急ぎの仕事が入ったのか、再び聞かれることとなった。

その時、四人が手を上げた。その中に父もいた。しかし、父は左官の経験などまったくなかった。（ここより別の場所だと何か変わったことがあって、左官ということでよい待遇があるかもしれない）などと思って手を上げた。さらにおかしいことには、他の三人もまったく左官の経験はなかった。

四人は連れられて、道路工事をしているところのずっと上の畑の中にある農家の壁を塗るように言われた。

壁を塗るのに、日本では《すさ（藁）》と《土》と《水》を混ぜ合わせて《塗り土》を作る。しかし、この土地には《すさ》はなかった。それで、《すさ》の代わりに《馬糞》を使う。四人ともまったくの素人なので、適当に混ぜ合わせて作った《塗り土》を塗ってみた。けれど、上手《うま》く塗れずにポロポロと落ちてしまう。ちょうど自分たちの仕事場の下の方で、仲間が道路工事をしていた。

「ひょっとしたら、道路工事をしている者の中に、左官がいるかもしれない」

「行ってみよう」

と一人が坂を駆け下りていった。

「おーい。この中に左官の仕事をしたことのある者はいるか？」

「おるぞ」

「何だ？」

「ちょうどよかった。頼みがある」

「実は、今わしらは上で、農家の壁塗りをしているんだが、上手《うま》く塗れない。いったい、どうやったら上手く塗れるんだ？」

「これはなあ……という具合に土と馬糞を……の割合で混ぜたら、上手く塗れるぞ」

「ありがと。助かった」

また、急いで駆け上がる。

「おーい。わかったぞ。土と馬糞と水の混ぜる割合が違うんだ……」

それからみんなで、教えてもらった通りの分量で《塗り土》を作り塗ってみた。不思議と今度は上手く塗れた。四人はすっかり感心したものだった。壁塗りは、もちろん道具を使わない。というより、道具がなかったのだろう。家の近くの土の上に《すさ》と《土》と《水》を手で混ぜ合わせる。そしてそれを手で壁に塗りつける。だから平らに塗るのは難しい。高いところは、近くから台になるような物を探し、その上に乗って塗っていく。なかなか大変な作業だった。

左官の仕事は、宿舎から離れたところにあったため、宿舎へは帰らず、壁塗りをしている民家で泊まることになった。民家は、六畳くらいの広さだったが、中には、何も置いてなかった。そして、食事は支給されなかった。どうしたものかと思って辺りを見まわした。すると、豊かな畑が一面に広がっていた。とうもろこし、じゃがいも、トマト、キャベツ。

「おい。あれを取って食べると、何とかなるぞ」

「夜になったら行ってみよう」

夜になると、明かりはなく真っ暗。広大な畑に迷い込むと、帰り道が分からなくなってしまう。ところが、月夜の晩。月の光でかすかに見える(チタよりもっと北へ行くと、『白夜』の影響で夜でも明るいが、チタでは、『白夜』は見られなかった)。

「よし。行こう」

「よし」

「おい、すごいぞ」

畑に入り、手にいっぱい持ち帰った。それをバケツで塩茹でにして食べた。この地方で取れるとうもろこしは、長さ四十センチ、太さ直径十センチくらいもある大きいものだ。空腹だったので、胃の中へ詰めこめるだけ詰めこんだ。ここぞとばかりに詰め込んだので、今にも喉から溢れ出しそうだった。

そうやって二週間、夜に作物を取ってきては、お腹いっぱい食べた。

壁塗りの仕事も無事に終わり、仲間のいる宿舎へと戻っていった。

「お前らいったい、何処へ行っていたんだ?」

「うん。道路工事をしている、ずっと上に建っている農家の壁塗りをしていたんだ」

「そんなに太って、何を食べていたんだ?」

「まあ。いろいろ」

「それだったら、俺も行けばよかった」

そんなわけで、壁塗りの二週間で四人は、丸々と太ってしまった。

このように、軍隊に入る前に『旋盤』を使ったことのある者や木工作業をしたことのある者、機械を使ったことのある者など、手に職を持っていると、民間の仕事場へと移動させられる。ここではロシア人と同じ扱いをされた。だから、食事はもちろん宿舎まで、捕虜とはずいぶん違ったよい待遇を受けることが出来ると、一部の経験者が言っていた。『芸は、身を助ける』といわれているが、こんな時、（人間、特技があれば、こんなに苦労することもなかったかもしれない）と思ったという。

木の伐採

左官の仕事が終わると、今度は木の伐採の仕事が待っていた。森林には直径一メートルくらいの太い枯れ松の大木がズラリ並んで生えていた。それを二人一組で、一メートル五十センチの大鋸《おおのこ》で切り倒していく。そして、伐採した木を一メートルくらいの丸太に切って、転がしながら道路まで運んで行く。

一日のノルマは、時間ノルマではなく、作業ノルマだった。一日に四ルーベ（一ルーベは、一平方メートルにあたるので四平方メートル）だった。ノルマが早く終わると、自分たちの収容所へ帰ることが許された。幸い父とペアを組んでいた者は四国出身で、森林業の経験者だった。だから、どうやったら早く切り倒せるかを知っていた。そして、鋸を切れやすいように研《と》いでくれた。

伐採した木は、要領よく道路側へと倒していく。そして、切った丸太を並べ、四ルーベになると、その日の作業は終わることが出来た。直径一メートル以上の松の木を倒すと、丸太四つでノルマ達成となる。そして、初日に一本木を切り倒すと、次の日は残った木から丸太を切り出す。先にいくほど細くなるので、太さも考えながら切っていく。

伐採され、道路へ転がし出された丸太は、四輪駆動のトラックで運び出される。そして、別の所で、幹は四つから六つに割られる。それを積み上げ、また別の場所へ運ばれる。小さな木は燃料にされ、太い材木は木工所で机などの家具に加工される。技術のある者は、木工所にも携わっていたが、その家具を運び出すのも捕虜の仕事だった。

父たちが伐採していたところは、道路近くで、木は密集していなかった。しかし、もっと奥で伐採をしている者たちは、急斜面や密林の中での作業だった。木の下敷きになった

アカザとタンポポ

り、挟まれてしまったりで、怪我人や死人が絶えなかったという。

早く作業を終えて宿舎へ戻ると、みんなで食料探しに山へと向かう。その頃はちょうど五月頃で、山にはたくさん緑が茂っていた。中でも好んで取ってきたものは、《タンポポ》《アカザ》などだった。《タンポポ》は大変美味いと……それに加えて《雨蛙》。《雨蛙》は、取ってきて汁の具として使った。ここに来てからの数少ない蛋白源で、大変重宝された。

松の枯れ木の伐採をしている時、その伐採された木の先に、大きな直径十センチくらいもある《松かさ》がついていた。見たこともないくらいの大きさの《松かさ》の中には、松の実が入っていた（今でも松の実は体によく、おいしいといって重宝されているが……）。それを取り出してほおばる。また、伐採途中に、五から六センチの白っぽい虫が入っていることがあり、それもポケットに忍び込ませる。そして、宿舎に帰って、みんなで焼いて食べた。

父と四国出身の相棒は、とにかくみんなより仕事が速かった。そのごほうびか？　一度だけ《葉煙草》が一票だけ支給された。これは、刻んだ木切れに似た味がした。筒に入れてある《葉煙草》を、少しずつロシア新聞（ロシア語で書かれた新聞）を小さく切って、それに巻いて吸う。普段は煙草がないため、《芋の葉》を干し、粉にして煙草代わりに吸っていた。

そして初めて、『はがき』も配られた。

「これは、日本にいる家族へ配達されるものです。ロシア側が、責任を持って、日本に届けるので、自分の名前と宛名を記すこと」

と、ロシア人が言った。

伐採の森

「おい。本当かよ」

「本当に届くのかなあ」

父も半信半疑だった。以前、ロシアの警戒兵が、

『がんばって作業に従事した者には、日本に手紙を出させてやる』とか、

『がんばったら日本へ帰らせてやる』

といったようなことを繰り返し言い、日本人捕虜のやる気を出させようとしていた。しかし、どんなに一生懸命やった者で

も、まだ一度も手紙を出したことはないし、誰一人として、日本へ帰れた者もいない。（自分は今まで、一生懸命やっていたから、手紙を出させてくれるのかなあ）だまされたとしても、もしかすると届くかもしれない。

はじめ両親に出そうと思ったが、（広島に原爆が落とされ死んでいたら……）そう考えて、父方の叔父さんに手紙を書くことにした。書いた内容は良く覚えていないが、たぶん『自分はまだ生きていて、日本へ帰れるかもしれない』という内容のものを書いた記憶があるという。しかし、この手紙が日本へ届いたのは、父が帰国した後だった。

ここに来て時間ノルマでなく、作業ノルマだったので、要領よく作業を終え、残った時間を自由に使えた。

警戒兵も、一般の人が多かったため、それほど厳しい監視はされなかった。ロシア人はいつも『ズラースト（こんにちは）』『ダスウィーダーニア（さようなら）』『スパコイノーチ（おやすみ）』などというロシア語を話した。

「ズラースト（こんにちは）」と言われれば、

「ズラースト」と答える。

「ダスウィーダーニア（さようなら）」と言われれば、

「ダスウィーダーニア」と答える。

ロシア語を知らない日本人も、毎日聞いていると、いつの間にか覚えてしまった。ロシア人は、日本人のことを『ヤポンスキー』と呼んだ。言葉は分からなくても、身振りや手振りでなんとなく理解し合うことも出来た。

いつものように作業が早く終わり、ぶらぶらしていた時、近くにある湖にロシアの警戒兵が、裸で飛び込んでいた。

「おい、おい、ロスケが水の中に飛び込んだぞ」

「本当だ」

「いっちょ俺たちも入ってみるか……」

と言いながら、次々と裸になって、水に飛び込んだ。この時期は気候も温暖だったため、水の冷たさは、感じなかった。そうやって、来たばかりの時と違い、生活にも慣れて?少しずつ要領も覚えていった。

ある時は、寝泊まりをしていた収容所の近くにドラム缶が投げてあった。そんなものも、見逃さなかった。このドラム缶の片方を切り取り、風呂に変えてしまった。そこにいたロシアの警戒兵に、通訳や身振り手振りで、『お湯を沸かしてはいってもいいか』と聞くと、協力的に水を提供してくれた。切り残った木切れを使って火を焚き、水を沸かしていく。ドラム缶風呂の出来上がりである。

シラミとの戦い

捕虜になって、もっとも頭を悩ませていたのは、シラミだった。信じられないかもしれないが、服は、入隊の時貰《もら》った軍服一枚。一度も、着替えることなく着つづけていた。夜、塒《ねぐら》で寝ていると、体中が痒《かゆ》くて目が覚める。日中の労働で疲れ果てているにもかかわらず、この痒さでは寝ていられないくらいだった。頭のてっぺんの髪の毛から足の先まで入って来る。

シラミは食らいついたまま離れなかった。なんとかしてつぶそうと試みるが、一匹ずつ捕まえてパチパチと押しつぶしてみてもきりがない。思っている以上のたくさんのシラミにお手上げ状態だった。

そんなことがしばらく続いて、ロシア側もやっとシラミに対する対応を始めた。ロシア人も、シラミに関しては神経質になっていたようだったのだ。というのも、シラミは、発疹チフスを媒介するからだった。ヨーロッパでは、何度もチフスやペストが流行し、多くの人が死んでいた。

そんなわけで、一週間に一度はシャワーを浴びることが出来るようになった。シャワー室は簡単な囲いがしてあり、中にはところどころ穴を開けた筒が頭上に通してある。そこへ十人ばかりずつ順番にシャワーを浴びる。その時、脱いだ服は、集められて殺菌室へ入れられる。そして、高温で殺菌される。シャワーを浴びた後、殺菌済みの服を身につける。シャワーで濡れたタオルを外気にさらし、振り上げると、ガチッとまっすぐ上で凍ってしまう（かなり気温が下がっているのが一目でわかる）。

そうやって、以前よりもシラミから救われた。しかし、どんなに殺菌しても、シラミはまた、辺りかまわず現れては頭を悩ませる。

作業を終えて塒に帰ると、防寒着を脱いで掛けておく。次の朝、着ようとすれば、服はシラミだらけになっている。うんざりしながら、そのシラミを手でパンパンとはたいてから着る。時には、つぶしてもはらっても、食らいついているシラミに腹を立て、脱いだ服をそのままペチカの中に投げ込んだ。すると服は焼け焦げてしまう。けれど、それくらいしても、シラミはまだ食らいついている。仕方なくこげた服をそのまま着ていた。

そんな服も、いつの間にか継ぎはぎだらけの分厚い服に変わっていた。誰かがボロ布を縫い付けてくれたのだった。シラミのおかげで、痒くて眠れず疲労がたまり、慢性的な睡眠不足と精神的な疲れによって、肉体的に弱っていく者も少なくなかった。

盲腸炎になる

そんなある日、父は木の伐採をしていた。そこにたまたま、見回り衛生兵（看護兵）が回ってきていた。

「おい。顔が赤いぞ。熱を測ってみろ」と。

衛生兵の持っていた体温計で熱を測ると、三十九度の熱があった。

「熱があるぞ。宿舎へ帰れ」と言われた。

宿舎へなんとか帰って行き、一緒にいた軍医に言うと、

「これは盲腸だ。しばらく冷やしていたら、散って楽になるかもしれん」

それからしばらく冷やしていると、不思議と楽になった。しかし、右下腹がまた痛くなった。

「楽になったからといって、ちょろちょろしているからだ。このままだと危ない。すぐに

手術した方がいい」

と軍医が言った。そこで、緊急手術が施されることになった。

自分の寝ているベッドの回りには、ロシア軍の軍医二、三人と、日本の軍医が二人ばかりいた。

父は、裸でシートの敷いてある手術台の上に乗せられた。

「いいか。手を頭にやって、歯を食いしばれ」

と、日本人軍医が言った。そう言っている軍医は、手術に手出しできず、父の頭を動かないようにしっかりと押さえていた。他の日本人軍医も、足をしっかりと押さえていた。

父は無抵抗のまま、両手と両足を動かないように紐で括《くく》られて、まるでまな板の上の鯉になった気分だった。

手術の手順は、最初、簡単ながら切開部分に麻酔注射が打たれた。そして、まだ麻酔が効く間もなく、生身の体にメスが、入れられた。

「熱い」

「熱い。身体中が焼けるように熱い」

まるで火あぶりにでもされているかのようだった。麻酔はまったく効き目がなかった。

「がんばれ。がんばれ。歯を食いしばれ」

かすかに聞こえる声。自分を押さえている手にも、力が入ってくる。

「熱いよ」

「捕虜でも、日本人ならがんばれ」

と頭を押さえている日本人軍医が言った。

(ここで死んでたまるか。捕虜となって二年。寒さと飢えに耐えぬいてきたんだ)

二時間の間、熱さにとも思える痛みに歯をギリギリいわせながら食いしばり、汗まみれになって耐えていた。手術後のベッドに敷かれたシートには、汗が水溜まりのように溜まっていた。今考えると、この痛みに耐えられた自分が信じられないくらいだった。なかば気を失いながら耐えた二時間。この痛みは、今でもかすかに覚えている。

手術は成功したものの、ロシア医療のいい加減さを感じたのは、日本に生還した後のことだった。

長い入院生活

手術が終わり、傷口を縫った後は、今までの苦しみがうそのように軽減された。看護兵二人にタンカに乗せられ、病室まで運ばれた。

病室には、ほか四人の盲腸で入院している者が四つのベッドで寝ていた。そして、向かい側には木の伐採で怪我をした者たちが、二段ベッドで十人ばかり寝ていた。木の伐採をしているところは、それぞれ離れたところにあったため、こんなに怪我人がいるのが初めて分かった。

手術直後、四、五日は、スープだけ配られた。するとしきりにロシアの看護兵が、

「オナラは出たか」

と聞きに来た。オナラは出たので、

「オナラなら出た」

といった。すると、

「大便が出たか？」

「いいや、まだ出ない」

「出るまで何も口にするな」

と言われ、寝ているベッドの上に粗末な便器を置いた。そして、その上に寝っ転がったまま大便をしろというのだ。しかし、日本人は（誰でも）、寝たままなかなか出せるもの

ではない。それにスープしか飲んでいないので、出るべきものも出てこない。仕方なくベッドの下に便器を降ろしてやってみると、なんとか出た。

「便が出ました」

と言うと、それからは、食事がやっと支給された。ここでは、小麦粉で作った『白パン』が一日一枚支給された。痛みは、なかなか取れないけれど、労働が免除されるので、まだましだった。

病院内には、『日本人新聞』が配られていた。『日本人新聞』というのは、日本の終戦後も満州に残っていた日本人のジャーナリスト出身者が企画して書いた新聞だといわれているが、実際には、ロシア当局の背後にいる日本語通のロシアの中佐が、実質的な編集権を持っていた。そして、『共産主義』を植え付けようという意図で書かれ、日本人捕虜たちの洗脳を狙ったようだ。

しかし、『日本人新聞』には、日本や満州の様子などが書かれていたため、日本や世界の動きを知る唯一の情報誌だった。病院では、三日に一度くらいの割合で回し読みされた。ちょうど、父が入院してしばらくたった頃だった。日本人捕虜は本国に帰れる。『ダモイ（帰国）』が本当になった、といううわさを聞いた。

それから間もなくだった。作業免除されている弱兵（病人や仕事の出来ない者）、他は勤労者、さらに将校などの上級兵士だった者が、第一陣として日本へ帰れることとなった。第二陣は、軽作業をしている二級の者。そして最後は、一番元気で、良く奉仕していた者だった。

帰国が決まると、父の胸は心配と嬉しさで複雑だった。というのも、最近読んだ『日本人新聞』に書かれていたことを思い出したからだった。

「女はみんな売女婦。男はみんな失業者」

「子供はみんな浮浪児」

「物の値段が、千倍、二千倍」

日本人は、戦争に負けてからというもの、女は、アメリカ人に売られ、男はみんな仕事がなくなった。子供はみんな学校へも行けずフラフラしている。物の値段は、驚くほど高くなっている、ということだった。

(いったい、自分の家族はどうなっているのだろうか？　無事に生きているのだろうか？)そんな思いが走った。

(けれど、こうやって生き延びてきたのだ。もう一度日本に帰ってみたい。日本が新聞に書かれていたような状態なのか見てみたい)そんな気持ちが入り混じっていた。

第四章——懐かしい風景

帰国

一九四八（昭和二十三年）九月。病院に入院していた二十名が、第一陣で帰国することになり、ロシアの端のナホトカへ出発となった。チタから汽車に乗り、途中、黒竜江を小舟で渡った。そして、また汽車に乗り、ナホトカに到着した。ナホトカは、日本海に面した新しい港都市だった。ナホトカは、日本人が強制労働に狩り出されて建設した街で、何万トン級の船舶が停泊できるほど大きな港だった。

父たちは、ナホトカで汽車から降ろされた。港の近くには広場があり、そこにはテントが張られていた。父たちよりも先に到着した者が、船に乗り込むまでそこで待機していたらしい。父たちはその船に乗り込む最後の者たちだったので、回りには父たち以外の日本人捕虜は、見当たらなかった。港まで歩いていると、ナホトカの裏山でまだ作業をしている日本人捕虜たちが、こちらに向かってちぎれんばかりに手を振っていた。

港には、白地に赤十字のマークの付いた大きな引き揚げ船が港に横付けされていた。船には、『高砂丸』と書かれてあった。

懐かしい日本から迎えに来た船は、帰国を現実だと印象づけた。

船の上からは、白衣を着た日本人看護婦たちが、こちらに向かって手を振っていた。遠くから見ると、まるで人形のようにかわいかった。看護婦に見とれていたが、ふと振り向くと、日本人捕虜たちが、まだ手を振っていた。『自分たちもすぐに帰るからな』と言わんばかりに……。船に近づくにつれて看護婦の姿が近くなり、人間の女性に見えてきた。

今回乗りこむのは、病人や怪我人その他合わせて千名くらいだった。父は中でも一番重病に思えた。何故なら、他の者は元気にぴんぴんしているのに、父は腹に大きな包帯をしたままだったからだ。日本に帰れると思うと、懐かしさがひときわ込み上げてくる。

「やっと帰れるんだ」

「本当に帰れるんだ」

あちこちから、そんな声が聞こえてくる。

（日本の状況は、『日本人新聞』に書いてあったとおりだろうか）嬉しさと平行して不安も隠しきれない。

船に乗り込むと、風呂に入るように指示された。風呂といっても、プールくらいの大きさの風呂だった。何年かぶりに湯船に浸かり、開放感と広さのあまり、みんなで泳いだという。

風呂から上がると、新しい下着を身につけ、頭は丸坊主にされ、髭もすっきりと剃ってもらった。さらに、身体異常がないか検査を受け、次に六種類もの予防注射が打たれた。これは、シベリアから悪い伝染病や菌を持ち帰っていたときの予防のためのものだった。すべて終わると、新しい作業服が用意されていた。考えてみると、軍隊に入って以来、一度も別の服に袖を通したことはなかった。

（よくまあ、何年も同じ服で過ごせたものだ。そして、週一回のシャワーだけで、一度も風呂に入らなかったのに、よく病気にならなかったものだと……）

病院船中には、日本の看護婦がたくさん乗っていた。しばらくぶりに見た日本人女性は、大変美しかった。

1949年6月、引き揚げ再開第一船の高砂丸の舞鶴港入港

（なんだ、日本人女性は皆、アメリカ人の売女《ばいた》になったと書いてあったけれど、全部がそうではないんだ。いいなあ。やっぱり日本女性は）

シベリアで見たロシア人女性は、囚人女性ばっかりだったので、体格は、日本人男性よりも大きく逞《たくま》しかった。乱暴な言葉使い、行動。それに比べて日本人女性は、つつましかった。初め、看護婦は、全員同じ顔に見えたが、船中に二泊している間に、だんだんと『この人よりあの人の方が少しきれいだなあ』と、少し余裕も見え始めた。

ナホトカから舞鶴までの船旅は行きと違って、不思議なくらい穏やかに走行していた。船が大きかったせいもあるだろうが、まったく揺れを感じなかった。その静けさ

の中で、シベリアでの生活が、ゆるやかに過去の出来事と思えるようだった。そして、自分がこうやって生きて日本に帰れることが、遠いシベリアでの心の支えであり、生きる力だった。

二日目、目が覚めた時だった。

「見えたぞ。日本が見えたぞ」という声で、一斉に歓声があがった。

ソ連に抑留された日本人捕虜の本国帰還者は、五十四万六千七百五十二人で、死者は六万一千八百五十五人と記録されている。

生還

船は舞鶴に着いた。船を下りながら思った。

(日本に帰ってきたんだ。生きて帰れたのだ)

父は、船を降りたときから、捕虜で過ごした何年かをパッと忘れてしまいたかった。ま

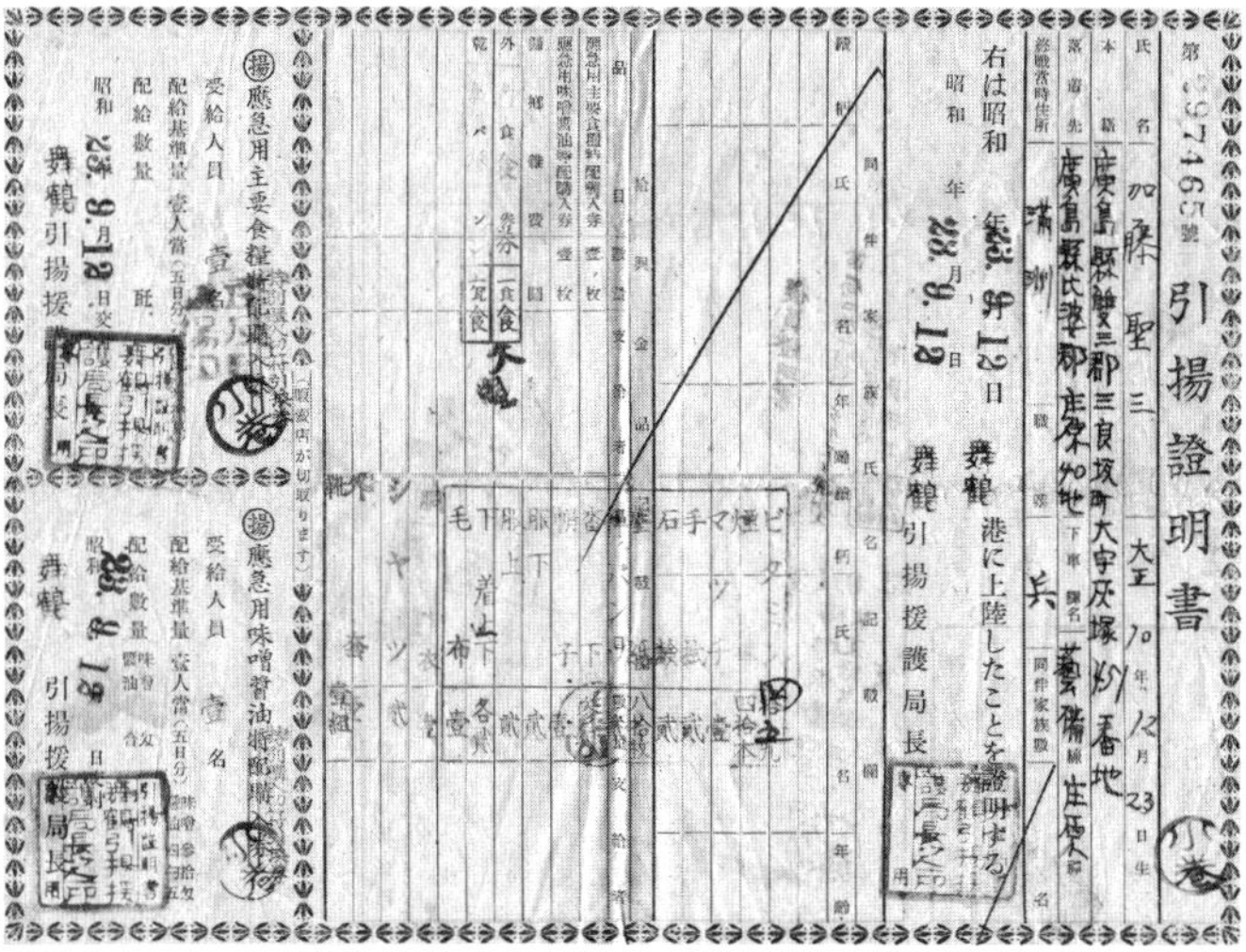
引揚證明書

第 397165 號

氏名　加藤聖三　大正10年12月23日生

右は昭和23年9月12日舞鶴港に上陸したことを證明する

昭和23年9月12日

舞鶴引揚援護局長

應急用主要食糧購入票

應急用味噌醤油購入票

舞鶴港に上陸したことを証明する引揚証明書

るで悪夢を見ていたかのようだった。今、その悪夢から解放される。しかし、盲腸の手術で受けた十センチほどの傷は痛み続けている。

（無事に帰れたものの、この痛みは、どれくらいつづくのだろうか。そして、家族は無事なんだろうか。自分の帰れる場所はあるのだろうか）何度もそんな不安が、父の心を横切っていった。

舞鶴では、身元調査や名前の確認、出身地などが、確認された。その他に現金千円を手渡された。兵隊になる前だったら、今のお金で八万から十万くらいに当たる。

（こんなに貰《もら》っていいのかなあ）と思った。

しかし終戦後、日本の物価は上がって、実際には、今のお金で二万から三万円くらいの値打ちだったらしい。

そのお金を握りしめて、広島方面行きの汽車に二十名くらい乗り込んだ。汽車に揺られながら、なぜか懐かしい風景に、心が洗われるようだった。

高砂丸に乗ってから舞鶴を故郷に向けて出発する間に支給されたものは、下着、服（上下）、靴、靴下のほかに外套、帽子、毛布、ビタミン剤、たばこ、マッチ、手拭い、石鹸、外食券一枚と乾パン六食、帰郷旅券（故郷までの汽車の切符）などだった。

第三の人生

懐かしい広島の駅に着いて目にした『父』の姿。（生きていたんだ）。でも、なぜ父が、自分が帰ってくるのが分かったのか。それも、今日のこの時間に……。後で分かったことだが、毎日、新聞に、舞鶴で下ろされたシベリア捕虜帰国名簿が載せられていたんだそうだ。父の名前は、二日前に新聞でみつけ、感慨の思いでこの日を迎え、わざわざ庄原から迎えに来たらしい。

しかし、何時、何処の駅に帰るのか分からないはず。父親は、自分の息子の名前を見つけると、すぐに広島駅へと出発した。そして、今日この時まで、ずっと待ち続けていたらしい。広島から庄原へ帰る途中の駅でも、親戚の人たちの出迎えがあった。こんなにも自分のことを思ってくれている人たちがいた。

故郷の庄原へ帰り、母が夕食に作ってくれた味噌汁。

「あー。何年ぶりだろう。うまい。涙が出そうになる」

この味は一生忘れないだろう。家族と親戚と兄弟と近所の人たちの、あの嬉しそうな顔も忘れられない。

（みんな生きていたんだ）自分も生きて帰って良かった。ここが自分の居るべき場所なんだ。あまりにも変わっていない家族と生活。ただ変わったこととといえば、父より四つ下の弟が結婚して、父の帰った晩に長女を出産したことだった。この姪の誕生日が父の生還して実家に帰った日と同じなので、この日は忘れようと思っても忘れられない日となった。

相変わらずの質素な暮らしぶりを見て、自分が酷寒のなかで食べる物もなく生きて帰れたのは、こういう生活のおかげだったのだとしみじみ感じたという。

その後、家族と一緒に、シベリアで食べられなかった分をどんどん食べていった。（何を食べてもおいしかった)。それで、あっという間に太ってしまった。

それから間もなく、結婚が決まった。その当時は、結婚相手は、親が決めた者同士、顔をも知らずにお見合いさせられ、云々に限らず結婚しなければならなかった。しかし、母は裁縫を習いに行く時、父の家の前を通っていたので、まんざら知らない者同士でもなかった。それだから、仲人が父に、

「いつも裁縫を習いに行くのに家の前を通っている人だ」

そして母に、

「いつも裁縫を習いに行くとき、二階の廊下でシャツ一枚で(シベリアの気候に比べ、日本はずいぶん暑く感じたため)掃除したりしている人よ」

と教えてもらっていたので、お互い少し意識してはいたが、会うまでは、はっきりとした顔はわからなかった。

父は母に言った。

「自分は、戦争から帰ったばかりで、まだ仕事も決まっていない。仕事が有るかもわからないし、苦労させるかもしれない。それでもいいか?」

すると母は、

「うん」

とうなずいた。

その後も、手術の経過は悪く、腹にまだ包帯をしたまま、いっこうに良くならない。思いきって病院へ行き、診察してもらった。それによると、すぐに手術しなおしたほうがいいとのことだった。

そんなある日、手術の傷跡から紐の先がのぞいていたので、何かと思って引っ張った。すると、お腹の中から長い縫い糸が出てきた（それを引っ張り出したのは母だった）。それからというもの、傷はどんどん回復に向かった。

しばらくして仕事も決まり、七十五歳まで仕事を続けた。

帰省して一年たった頃の父

軍人恩給について

軍隊で野戦に行った者は、三年を経過すると軍人恩給が与えられた。しかし、父は、軍人恩給を得ることは出来なかった。

軍人恩給とは、軍隊へ入り、戦地で三年以上戦った者や戦死した者に対して払われる給料のようなもので、それ以下だと支給されない。軍人恩給制度が出来たのは、終戦後のことだが、父の場合、軍隊に二年半しかいなかったため、生還しても軍人恩給は支払われなかった。

年数の目安としては、軍隊にいる年数が十二年以上に与えられる。しかし、野戦（日本国外で戦う）にいた者は、その四倍を年数に換算されるので、野戦では三年以上、国内では、そのまま十二年と換算されるので、国内で戦った者に対しては恩給を得た者は少ない。

父の場合、軍隊にいた期間が十二年に満たなかったので、恩給が支払われなかったのである。しかし、シベリア捕虜として、三年もの月日を費やした者たちは、それではやりきれない。そこで各地で、運動が起き、やっと昭和四十一年に、シベリアの捕虜であった期間も、軍隊にいたものと換算されるようになった。

そして、その年初めて軍人恩給が支払われた。しかし、シベリア抑留されていた者で、恩給を受けることが出来た者は一部に過ぎなかった。そして、政府も日露関係においても『領土返還』に関する交渉ばかりで、シベリア抑留者に対する対処はされなかった。

年が経って、一九八〇年、『全国戦後強制抑留補償要求推進協議会』が設立され、全国で運動が進められた。

一九八八年、やっと『平和祈念事業特別基金』が設立され、恩給などを受給してない帰還者に対して、『慰労金十万円』と『銀盃』と『総理大臣書状』の交付がなされた。しかし、韓国籍となった元日本軍兵士は除外された。

『平和祈念事業特別基金』の対象となる者は、以下の通りである（平和祈念事業特別基金法より）。
一、恩給欠格者：旧軍人や軍属であって、恩給または給付を受ける権利を持っていない者（年数の足りない者）
二、戦後強制抑留者：戦後、社会主義共和国連邦（ロシア）またはモンゴル人民共和国の地域において強制抑留された者
三、引揚者：終戦後、それ以外の地域から引き揚げた者
戦死した者の家族には、年間百万円以上もの恩給が支払われた。それによって、貧しい生活から救われた家族も少なくない。

父は言う。

帰省後、昭和25年当時の父

「わしが戦死していたら、親の暮らしが楽になっただろうになあ……」

しかし、私は思う。もしも、父が生きて帰らなかったら、今の私は生まれていない。そして、こうやってその当時のことや、父が歩んできた軍隊やシベリア捕虜の生活のことは知らなかったろう。私を生んでくれた両親に感謝しながら、貴重な話を後世に残したいと思う。

あとがき

終戦となり、『日本へ帰れる』と思ったのもつかの間、シベリアの捕虜となり、二度と故郷の地を踏むことが出来なかった多くの人たち。夢と希望を持ちながら、果たすことが出来ずシベリアの土となった人たち。その人たちは今なお、当時の捕虜たちによってシベリアの地に埋められたままである。

現在父たちのいた『チタ』も、当時の抑留者たちの墓地は、真鍮製の墓地番号を付けられ、誰の遺骨かも分からないまま放置されている。そこで、厚生労働省は、遺族たちの願いに答えるごとく、平成四年から、『ソ連抑留中死亡者の遺骨収集』がいろんな地方で実施されることとなった。

父のいた『チタ地方』は、平成五年と平成十年に『追悼慰霊行』が実施された。その時の墓地は、慰霊番号も取り除かれ、一部がジャガイモ畑になっていたと『ふれあい』（二〇〇一年十二月十日発行）に書かれていた。そんな中、『これでは困る』という遺族たちの願いに答えて、平成十二年八月五日から二十日間、

厚生労働省職員、日本遺族会、抑留経験者（七十五歳まで、……実際は平均年齢八十歳）、日本青年遺骨収集団

などによって、遺骨収集が行なわれた。

厚生労働省では、チタ地方に限らず、各地方で、平成四年から平成十三年までに、六十七回の遺骨収集が行なわれ、一万一千五百三十柱の遺骨が送致されている。

収集された遺骨は、千鳥ヶ淵戦没者墓苑において、遺骨引渡式を行なった後、厚生省慰安室（中央合同庁舎五号館四階）に安置される。

さらに厚生労働省では、ソ連抑留中死亡者の埋葬地がある、全ての地域（州・地方等）において、計画的に墓参りも実施されている（報道発表資料より）。

私が幼い頃から時々、聞かされるシベリアの捕虜だった時の話。

「食べるものがなくて、畑のとうもろこしを盗んで生のままたべた」

「おなか、こわさなかった？」

「とりたてで新鮮だから、美味かったよ」
「ふーん」
「シベリアというところは、寒いところで、外でおしっこをしたら、カチッと、そのまま凍ってしまうんで」
「お父ちゃんは、シベリアで盲腸になったから、皆より早く日本に返してもらったんじゃ」

といかにも楽しそうな話。しかし、私の子どもも大きくなり、久々に聞くシベリア捕虜の話。その話に私は、ぐっと引き込まれるようになった。そして、いろんな疑問も沸いてきて、無性にシベリア捕虜の生活や当時の様子が知りたくなった。知るごとに、単なる笑い話ではすまされない気持ちになっていった。そして、この信じられない本当の話を、子どもたちや戦争を知らない若者のために書き残しておかなければ……と思った。

六十年も前の出来事であるにもかかわらず、鮮明に思い出す父を見て、人生の中でもっとも印象深いものであり、青春だったのだと、胸に熱いものを感じないではいられなかった。子供の頃から、話す言葉は少なかったけれど、子供心にも、父の強さをいつも感じていた。そして、弱音をはいた父を見たことがなかった。それは、この経験が基本になっていたのだとしみじみと感じた。

大学の面接試験で、『尊敬する人は？』と聞かれたとき、何も考えていなかった私は、『父です』と答えた。それは、私の正直な気持ちだったのかもしれない。

父からのメッセージ

父の近影

兵隊へ取られたあの日、『もう二度とこの地を踏めないかもしれない』と思っていた。そして、軍隊の中での厳しさと矛盾。シベリアの囚人同様の扱いを受けたあの苦痛の日々。困難にぶち当たるごとに、『ここで死んでたまるか。生きて日本へ帰るまで……』と心に強く思い続けていた。

そして、やっと帰った故郷。あまりにも変わっていない。まるで自分だけ四次元の世界をさまよっていたような感覚。夢の世界をさまよっていたと思い込めば、あの悪夢の日々は忘れられるかもしれないと思った。

しかし、そんなことを知らない人たちは、帰還後、『シベリアでの生活を文章にしたらどうか』と言われ続けた。しかし、この時は生々しい思いが心に甦《よみがえ》り、口に出すこともためられた。そして今、自分の娘が、シベリアでの生活を書き残そうとしている。

よく考えてみれば、今の時代、日本で戦争はない。昭和二十年以後に生まれた子供たちは戦争を知らない。それだから自分の経験を、何かの形で歴史として残してやればいいと思った。


最後に、この記述は、シベリアの捕虜たちのすべての状況や悲惨さを書いたものではなく、父の青春記として読んでもらいたい。また、この本を作るにあたり、毎日のように話を思い出しては、付き合ってくれた父と母に感謝して、この話を次の代までもずっと残していきたいと思う。

父は大正十年生まれで、今年、八十一歳を迎える。

本文カット――著者

シベリア捕虜回想伝記〈一等兵の青春〉

2002年７月15日　第１刷発行

著　者　高　田　あおい
発行人　浜　　正　史
発行所　株式会社　元就《げんしゅう》出版社
〒171-0022 東京都豊島区南池袋4-20-9
サンロードビル301
電話　03-3986-7736 FAX 03-3987-2580
振替　00120-3-31078
装　幀　純　谷　祥　一
印刷所　東洋経済印刷株式会社

※乱丁本・落丁本はお取り替えいたします。
© Aoi Takata 2002 Printed in Japan
ISBN4-906631-82-7　C 0095

元就出版社の戦記・歴史図書

伊号三八潜水艦
花井文一　孤島の友軍将兵に食糧、武器などを運ぶこと二三回。最新鋭艦の操舵員が綴った鎮魂の紙碑。〝ソロモン海の墓場〟を敵を欺いて突破する迫真感動の〝鉄鯨〟海戦記。定価一五〇〇円(税込)

少年通信軍属兵
中江進市郎　一四歳から一八歳、電信第一連隊に入隊した少年軍属たち——ある者は内地で、ある者は沖縄で、ある者はサイゴン、比島で青春を燃やした。少年兵たちの生と死。定価一七八五円(税込)

ビルマ戦線ピカピカ軍医メモ
三島四郎　狼兵団〝地獄の戦場〟奮戦記。ジャワの極楽、ビルマの地獄。敵の追撃をうけながら重傷患者を抱えて転進また転進、自らも病に冒されながら奮戦した戦場報告。定価二五〇〇円（税込）

真相を訴える
松浦義教　保坂正康氏が激賞する感動を呼ぶ昭和史秘録。ラバウル戦犯弁護人が思いの丈をこめて吐露公開する血涙の証言。戦争とは何か。平和とは、人間とは等を問う紙碑。定価二五〇〇円(税込)

ガダルカナルの戦い
井原裕司・訳　第一級軍事史家E・P・ホイトが内外の一次史料を渉猟駆使して地獄の戦場をめぐる日米の激突を再現する。アメリカ側から見た太平洋戦争の天王山ガ島攻防戦。定価二一〇〇円(税込)

激闘ラバウル防空隊
斎藤睦馬　「砲兵は火砲と運命をともにすべし」米軍の包囲下、籠城三年、対空戦闘に生命を賭けた高射銃砲隊の苛酷なる日々を描く。非運に斃れた若き戦友たちを悼む墓碑。定価一五七五円(税込)